永井ますみの　万葉かたり
―古代ブロガー家持の夢

竹林館

永井ますみの万葉かたり——古代ブロガー家持の夢

目次

カバー画

日下常由（くさかつねよし）

「心ぐき　ものにそありける」

心ぐき　ものにそありける　春霞《はるかすみ》

たなびく時に　恋の繁《しげ》きは（大伴坂上郎女）

提供　多賀城万葉デジタルミュージアム

永井ますみの万葉かたり —— 古代ブロガー家持の夢

一　万葉集にかかわって

一九九五年、神戸で大地震があった。看護婦の仕事をしていてボランティアとしての働きはできなかったが、地震の当事者として幾らかの詩もエッセイも書いた。死んでしまった人は何も言えないのだから、生きている我々が書かなくてはと思った。

ところが、東日本大震災があったとき、原発事故の悲惨を前にして何も書けなくなってしまった。私の得意技の、成り代わりで詩を書くということも難しかった。

もともと『弥生の昔の物語』を終わらせたら、縄文時代へ溯るか、奈良白鳳時代へ時代を近づけて書くかと悩んでいたのだったが、思い切って万葉の時代に焦点をあてることにした。文書が残っている時代は、弥生時代のように遺物だけで勝手に想像を巡らして書き進めることができないので、よくいえばそれに挑戦したことになるだろうか。まったく、墨書文字も読めないので、現代語訳とインターネットと想像力だけが頼りである。

一番最初に果敢にもというか無謀にもというか万葉集の一番の雄略天皇の歌を「堅香子《かたかご》の野」と題して作品化した。以来、詩同人誌「リヴィエール」には欠かさず詩を書いている。

学校で「万葉集編纂者の一人」と習った大伴家持は、六十八歳まで生きたようだが、最後尾の歌四五一六番を七五九年に書いてから、この集に手を入れていないようだ。このとき四十二歳である。武士という階級がまだない時代であったが、兵力を統括する職についていて、職務繁忙を極めてということだろうか。万葉集にない彼の歌が中納言家持の歌として「かささぎの渡せる橋におく霜の白きを見れば夜ぞ更けにける」と百人一首にあったり、確認していないが勅撰和歌集にはたくさん掲載されてあるということなので、このとき以降まとまって残していないということだろうか。

七八五年に藤原種継《たねつぐ》暗殺事件が新都として造営中の長岡京で起こり、家持も死亡後なのに連座して罪を問われ、家財没収の憂き目にあった。もし円満に大伴氏が続いていたら、資料は散逸してしまったかも知れない。そのたくさんの歌群はうまくいけば千三百年後の大発見になるが、下手すれば反故となっていたであろうと思うのである。

私の既刊詩集の『弥生の昔の物語』と同じく万葉も現場主義でいきたいと思っている。しかし、大阪や瀬戸内は地理の感覚が掴めるけれど、肝心の飛鳥、平城京や大和三山で苦労している。どちらを向けば何が見えるかという想像がなかなか難しいのである。地図上で分かった気がしていても現場では今の位置が分からないし、現場に行っても地図上の位置が分からない。困惑の渦中に私はいる。

堅香子の花　絵　石井寛治

二　万葉集にかかわって　2

二〇一六年五月の兵庫県現代詩協会総会で何か話をしないかとオファーがきて、ビデオ作品もたくさんあるし、一時間ぐらいなら何とかなるのではないかと思って承諾の返事をした。ところが「朗読会の報告だけじゃ駄目よ。自分の意見がなければね」と言われてしまった。

あちこちで生活語の朗読会をしていて、気になっていた方言のいろいろな語源や発音については、話が一時間できるほどのまだ筋立てができない。なので、今回は今勉強中の万葉集についての話をしますという返事をした。

とは言っても、いわゆる日本文学系の大学を出たわけでもないし、毛筆の崩し字が読める訳でもない。そしてもちろん、たくさんの人の前で話をする経験があったわけでもない。母が昔「全国開拓者大会」のような集会で「めくら蛇に怖じずという言葉がありますが」と言って、私たち子どもの前で話をする練習をしていたのを思い出す。今はこの言葉もアカンね。めくらは差別用語だし。

長い間、万葉集は私にはあまり面白いものではなかった。今読んでいる筑摩書房の『日本古典文学全集』というのは、私が大阪へ出て来て国立大阪病院というところで看護婦の仕事を始めたときに、担当の婦長さんからどっさりと頂いたものだ。時々気になるところを読んでいたが、通しで読んだことはもちろんない。

今まで弥生時代に拘って、詩を書いてきた。弥生時代という、言葉があっても文字のない時代、社会の変遷というものが遺物として主に土の中から出ていることが興味深かった。出雲なんかに何があるものかと言われたところから大量の銅剣や、果ては出雲大社の巨大な三本の木を金輪でしばった芯柱が発見された。神話時代の作り話とされていた神武の東征もまんざらの嘘ではないということになってきている。飛鳥白鳳時代の数々のお話もその土地の記憶を蘇らせはじめている。近江朝は書き物の上だけの話だと言われていたのに、宮殿跡が発掘される。その地の精霊から、どうしようもない求心力が働きはじめた。

その時代と土地柄を考えに入れながら、万葉集の中の短歌や長歌を詠った人に成り代わって現代詩として書いていくという筋の通し方は、これからも変わらないだろう。

もうひとこと要らんことを言うと、私が参考にしている古典全集の万葉集の部分の現代語解釈が、とてもへたくそだというのも、私を万葉の時代に誘い込む働きをしていると思う。これがスムーズな訳だったら私は読むことに集中して、万葉集に立ち止まらなかったかも知れない。

これを書いてから訳者の村木清一郎氏をネットで調べてみると、彼は千葉の人で、意味の訳はもちろんだが、文字数を五・七・五・七・七になるように拘って訳したとあった。戦争の激しい時、学徒動員の生徒を連れて相模原造兵廠にいる時も翻訳に没頭したとある。あだやおろそかに思ってはいけない。

三　中大兄皇子のことなど

中大兄皇子《なかのおおえのおうじ》は第三十八代天智天皇で、いろいろな事跡が残されている。彼に言及しないで古代史や万葉集を語ることはできない。

　彼は六二六年に舒明天皇の第二皇子として生まれている。兄弟に、後の天武天皇となった大海人皇子や三十六代（孝徳）天皇の皇后となった間人《はしひと》皇女がいる。これらの記録は七二〇年に完成した『日本書紀』に多くを頼っている。

　この日本書紀に載っている記事「舒明天皇十三年（六四一年）冬十月九日、天皇は百済宮で崩御された。十八日、宮の北に殯宮《もがりのみや》を設けた。この時、東宮開別皇子《もうけのきみひらかすわけのみこと》は十六歳で誄《しのびごと》をよまれた」とあるので、彼の存在は早くから世に認められていたことが分かる。

　次は教科書にも載っている六四五年の乙巳《いっし》の変（大化の改新）で、母の皇極天皇の世を、臣下なのに我が物顔にしていた蘇我入鹿《そがのいるか》を倒し、政治改革を行った、これが中大兄皇子の二十代である。

　皇極天皇は位を弟の孝徳天皇に譲り、都は難波《なにわ》に移された。この難波の宮というのは、大阪城の南側にあたる広範な場所で、今は発掘が進み、その一部に公園や大阪歴史博物館やNHKが建っている。

　孝徳天皇にとって天皇というのは名ばかり、裏では中大兄皇子が操っていたので、辛いことも多かったようだ。意見の対立があったのだろうがせっかく難波で政治をやっているのに、飛鳥へ都を戻そうという話で盛り上がり、中大兄皇子はもちろん、姉（前の皇極天皇）も、皇后の間人《はしひと》皇女も、政務をする官僚もいなくなる始末であった。

　結局六五四年に孝徳天皇は病で倒れ、難波に葬られた。この孝徳天皇に有間皇子《ありまのみこ》がいた。このとき十四歳なので、政権を預かるには若すぎ、天皇の座は再び姉の皇極天皇が斉明天皇と名を変えて就くことになった。中大兄皇子は二十九歳。ぼつぼつ自分の手に政権を握りたいところだ。あと五年もこのまま静観しておれば、甥にあたる有間皇子は天皇の息子であると正統性を論じ、天皇の座に担ぐ者も現れるかもしれない。

　六五八年十月十五日、有間皇子の勧める牟婁（白浜）

の湯に、斉明天皇をはじめ中大兄皇子、間人皇后、額田大王ほか、官僚たちもそっくり都を留守にして湯治に出かけた。これは中大兄の罠であったと、後世の研究者は言っている。その罠にすっかり嵌《は》まる格好で「有間皇子の変」が起こり、有間皇子は十一月十一日に藤白坂で絞首されてしまった。これで中大兄皇子にとっては後顧の憂いがなくなったのだが、このとき中大兄皇子は三十三歳。前年に息子の建王《たけるおう》を八歳で亡くしている。この建王は心優しい、言葉が不自由な皇子だったという。

この牟婁の湯に遊行された時に、額田王が詠んだ歌にこのようなのがある。

莫囂円隣之　大相七兄爪湯気　わが背子《せこ》が
い立たしけむ厳樫《いつかし》がもと

額田王（巻1・9）

最初の五・七の部分の読みが確定していないのだが「三諸《みもろ》の山見つつゆけ」と読んで、解釈は「今しばらく、懐かしい三輪の山を眺めつつお行きなさい。いとしいあの人がお立ちになっていた、あの山の麓の、神聖な樫の木のもとを。」というのや、「シズマリシ、ヤマミツユケ」ではないかと読んで、「わが背子とは、大海人皇子でしょう。『気をつけないとあなたも同じ（有間皇子と同じ）橿の木の根元に立ってますよー』って、警告してるのじゃないかと思うわけです。」という解釈がある。私はこの万葉漢字は読めないけれど、この後半は中大兄皇子が乙巳の変で滅ぼした蘇我入鹿《そがのいるか》の屋敷が甘樫丘《あまかしのおか》と呼ばれていたことに注目する。乙巳の変では、まだ若い中大兄皇子が権勢を張っていた蘇我氏を倒したのだから、どんなにか凛々しく見えたことだろう。でも今回は同じだまし討ちでも、討たれた方が、まだ年若い有間皇子なのだ。しかも自分は手を下すことなく、大和への帰途にあたる「藤白坂」という、自分の見えないところでの刑の執行という形を取っている。このときに大海人皇子の妻であったかどうか不明だが、少なくとも好きで離れたわけではない額田王は、大海人皇子に対して蘇我入鹿と同じように、激しい気性の中大兄の犠牲にならないでと強く願ったことだろうと思う。掛かった獲物が甥や従兄弟である。罠を仕掛けた本人は別として、温泉へ同行した人たちの気持ちはどうだったのだろう。翌年一月三日に中大兄の皇子の一行は都へ帰着した。

その間に数首の歌が残されているが、中皇命《なかつすめらみこと》の歌というのは中大兄皇子に迎合しているように読める。

わが背子は仮廬《かりほ》つくらす萱なくは
小松が下の萱を刈らさね

中皇命（巻1・11）

中皇命というのは誰のことか定説がないようだが、孝徳天皇の后で中大兄皇子につき従って飛鳥へ戻ってしまった妹の間人《はしひと》皇女ではないかとしている本が多い。兄妹でありながら男女の関係に至っていると、踏み込んで解釈する歴史学者もいる。となれば、かなり下ネタ的な解釈もできる。「わが君は仮屋葺かれる　その萱がないなら松の下の萱をお刈りなさい」と言われても何のことか分からない。天皇名代ともいえる人が、自ら仮廬を作ることはないし、小松が生えているようなところは日当たりが悪くて、萱は多く育たないのだ。なので、「廬《いおり》の中で私の下の草を刈ってちょうだい」だったら気持ちがぐっと出て来ると思うのだが。

この時代、中国は唐の勢いが強く、韓半島では新羅が唐と結んで高句麗と百済を滅ぼした頃だった。倭の朝廷は百済と仲が良かったので、白村江《はくそんこう》（はくすきのえとも読む）の戦いの支援のために、この二年ほど後に斉明天皇、中大兄皇子、大海人皇子、額田王など揃って九州の博多をめざしている。そのとき、大海人皇子と大田皇女の間に大伯皇女《おおくのひめみこ》が生まれている。この大田皇女は中大兄皇子の娘なので、彼は三十六歳にして孫ができたことになる。

六六一年、九州の朝倉宮で斉明天皇が急逝された。その後、新しい天皇をたてることなく中大兄皇子が政務を執った。白村江の戦いは大敗北となり、恐怖に駆られた中大兄皇子は方々に山城《やましろ》を築いたり、防人《さきもり》を置いた後、大津に都を作った。

六六八年になって、ようやく天智天皇として即位した。その大津で蒲生野《がもうの》に遊猟した時の歌が額田王と大海人皇子の相聞歌として有名な

あかねさす紫野ゆき標野《しめの》ゆき
野守は見ずや君が袖ふる

額田王（巻1・20）

これに応えたのが

紫草《むらさき》の　にほへる妹《いも》を憎くあらば
人妻ゆゑに　われ恋ひめやも

大海人皇子　（巻1・21）

天智天皇ではなくて、中大兄皇子の歌として次の歌がある。どの時期のものかは不明であるが、長い皇太子時代のものと思われる。

香具山《かぐやま》は　畝傍を《を》愛しと　耳成《みみなし》と相争ひき　神代より
かくなるらし　いにしへも　しかなれこそ　うつそみも　妻を争ふらし

中大兄皇子　（巻1・12）

反歌に

香具山と耳成山とあひしとき
立ちて見に来《こ》し印南国原

中大兄皇子　（巻1・14）

とあったのでこの「印南」を調べるために『播磨風土記』を開いてみると、神阜《かみおか》という項目で「出雲の国の阿菩《あぼ》の大神が、大和の国の畝火《うねび》・香山《かぐやま》・耳梨《みみなし》の三山が、おたがいに喧嘩をしているとお聞きになって、それを諫《いさ》めて止めようとして、大和へ上って行かれる途中、ここに来て喧嘩がやんだとお聞きになったので、乗って来られた船を覆《ふ》せておとどまりになった。だから神阜《かみおか》というのである」とあった。

『播磨風土記』というのが成立したのは七一三年前後のようなので、天智天皇の死の後であるが、神話のように口づたえに語り継がれていたとしたら生前に知っていても不思議はない。神争いを兄弟間の女争いに擬するのは余りにも人間くさいが。

六七一年十二月三日、天智天皇は病気のため亡くなられた。波瀾万丈の四十七歳であった。

この後の皇位を、息子の大友皇子に託したかったが、弟の大海皇子による「壬申の乱」によって大友皇子は殺され、天武天皇の世になった。系譜の糸はますます縺れ、ほぐされることはなかった。

四　有間皇子の無念

歴史の教科書で「大化の改新」を蘇我入鹿《そがのいるか》が殺された事件のことと習ったように思うが、厳密には改新ではなくてクーデターである。六四五年の「乙巳《いっし》の変」のクーデターの後に行われた一連の政治改革のことを、「大化の改新」というそうだ。そのクーデターは、蘇我氏の天皇家をないがしろにした政治を改め、天皇による直接政治を目指したものだった。その中心的役割を担ったのが、中大兄皇子、後の天智天皇と中臣鎌子、後の藤原鎌足《かまたり》であった。

彼らは乙巳の変の後も謀略によって、蘇我氏や周辺の蘇我氏の血を受け継いでいる皇子たちを、片っ端から殺した。しかし中大兄皇子はその時はまだ、自ら天皇になることを望まず、次期天皇の約束の地位、皇太子に留まった。そして母の皇極天皇の弟である孝徳天皇を天皇位につけた。

孝徳天皇は、政治の場所を飛鳥から大阪の難波《なにわ》へ移した。中大兄皇子たちとは違う政治をしたいと考えたのだろうか。彼には有馬温泉で授かった息子がいた。名を有間皇子《ありまのみこ》という。

八年後の六五三年、単なる政治的な意見の違いからか、孝徳天皇黙殺の意図からか、中大兄皇子は母の皇極天皇や弟の大海人皇子《おおあまのおうじ》、妹で孝徳天皇の皇后であった間人皇女《はしひと》や都の役人らまでもひき連れて、飛鳥へもどってしまった。孝徳天皇は難波に一人とり残されて無力感に打ちひしがれ、どんなに寂しかっただろう。翌年には病気で亡くなっている。

息子の有間皇子はこのとき十五歳、微妙な年齢である。政権を執るには若すぎるし、政敵に無視されるには年がいっている。次の天皇に祭り上げようとする人たちがいてもおかしくはない。

孝徳天皇が亡くなった後も、皇太子である中大兄皇子が天皇になることはなく、彼の母である皇極天皇が再び天皇として政権をあずかった。都は元の飛鳥に戻されて、名を斉明《さいめい》天皇という。

その五年後、有間皇子が政権を執ろうとして謀反を企てたという事件が起こった。六五八年、斉明天皇は有間皇子の勧めに応じて、中大兄皇子らとともに今の白浜温泉である牟婁湯《むろのゆ》に行かれた。藤原の都をすっかり留守にしてである。有間皇子は生駒町のあたりの自宅に居たのだが、蘇我赤兄《そがのあかえ》にあおられてしゃべった政権批判が、謀反の罪に問われたのだった。一説には中大兄皇子の計略だったとも言われている。蘇我赤兄に引き立てられて、牟婁湯に向かった有間皇子の歌が次の和歌である。

磐代《いわしろ》の浜松が枝《え》を引き結び
ま幸《さき》くあらば　また還り見む

有間皇子（巻2・141）

松の枝を結んで旅の安全を願う古来の風習を歌っているが、状況を思えば、単なる旅行の安全ではなかったことは自明なことだ。斉明天皇たちは船で牟婁湯に行った記録がある。有間皇子たちは罪人なので拘束されながらの徒歩か、あるいは馬に揺られて行ったのか。韓国ドラマの歴史物では檻に入れられた政治犯が手縄を掛けられ、牛車に揺られていたりするが、狭い山道もある熊野古道なので、牛車は難しいと思うが。また道中、事故があったと偽って谷に落とされて殺されても、毒を呑まされ腹を壊してなくなられたと言われても、誰も守る人はいない。更に、無事に牟婁に着いても、謀略家の中大兄皇子に罪を許されるかどうかは不明なのだ。どんなにか不安で、神頼みをせずにいられなかったと思う。

この藤白坂まで行ってみた。といっても、和歌山まで電車で走って、友人の車に乗せてもらっての楽ちん旅行なのだが。初夏に向かう六月、長袖ブラウスで暑くもなく寒くもない日和だった。おまけにサンドイッチ持参のピクニック気分である。この歴史的事象に対しては、申し訳ない気がした。

私たちはＪＲ和歌山駅で合流した。有間皇子の亡くなった藤白坂は阪和自動車道、藤白インターのすぐ傍で、熊野古道の入り口にあたっている。遠く眼下には、埋め立てで土地を広げて、和歌山石油精製株式会社の建物が建っていた。間近には木々が繁っていて、私たちは見ることができなかったが、当時は崖下すぐに波の打ち寄せる海が望めたと思う。

有間皇子は、浜風にたわんだ松の枝をひき寄せ結んだのであろうか。この藤白坂を登って牟婁へ行き、尋問を受けたのち、この坂を下って中休みするここまで帰って、絞殺されたのだ。このとき十九歳だったという。

　この悲劇をテーマにした和歌は、以後たくさん作られているのだが、彼の絞首されたという藤白坂には

藤白の　み坂を越ゆと　白栲《しろたえ》の
わが衣手は濡れにけるかも
詠み人知らず（巻9・1675）

という歌が彫られた大きな石碑があった。ただ残念なことに、この石碑の出来上がった時期についての解説板がなかった。文字もすり減ってかなり古そうだったけれど。ほかにも、

白波の　浜松が枝の手向草《てむきぐさ》
幾代《いくよ》までにか　年の経ぬらむ
山上憶良（巻1・34）

などがあり、古歌に寄り添って書くというのが伝統の和歌の世界では、有間皇子の無念を連綿と伝えているのだ。

　近くの藤白神社の中に、有間皇子神社が建てられていた。昭和五十六年に地元の有志によるという。基金を寄せた人々の名前がまだ真新しく並んでいた。

　毎年十一月十一日、有間皇子の命日には「有間皇子まつり」が行われているそうだ。投稿された秀歌を、古代装束で詠み上げたりする一日の行事である。無念の死を遂げさせられた有間皇子は、千三百年余り経った今も思い続けられているということで、よしとすべきか。

藤白坂から 牟婁の湯へ

五　あかねさす宴会説

はるか昔、中学か高校の頃の教科書には必ず、額田王のこの歌が載っていた。

あかねさす紫野ゆき標野《しめの》ゆき
野守は見ずや君が袖ふる

額田王　（巻1・20）

そのときは中大兄皇子と、夫であった弟、大海人皇子の間に額田王を置いた三角関係のなかで歌われていて、兄王の目を盗んで弟王に恋歌を贈ったというスリリングな解釈が一般的であった。弟王の、

紫草《むらさき》の　にほへる妹《いも》を憎くあらば
人妻ゆゑにわれ恋ひめやも

大海人皇子　（巻1・21）

という歌と共に思春期の入り口の女の子たちはどきどき感で暗唱したものだ。

万葉集の歌に触れるならこの歌を避けて通れないと思って調べていると、何と「宴席」の歌となっている。相聞という形式を採っているのに、なぜ恋歌という扱いを受けないのかという疑問には、万葉集のなかの掲載されている場所が「雑歌《ぞうか》」という分類だからだという解釈である。万葉集の場合「相聞《そうもん》」や「挽歌《ばんか》」ではないものは「雑歌」という項目を建てている。

歌に添って解説してみると、時代は西暦になおして六六八年、天智天皇がすでに政権を執って（称制という）七年である。都は大津にあったと言われてい

市辺駅近くの巨大パネル

る。標野《しめの》というのは、皇室の管理地で一般人が入ることを許されていないという場所の一般名で、その頃は蒲生野にあった。近江八幡から近鉄に乗り換えて市辺《いちのべ》駅下車、「船岡山」のあたりかと言われている。

その市辺駅近くの公園に行ってみると、巨大な屏風のように立っている陶板にその様子が描かれて、おおいにアピールしていた。あいにくの雨で、肝心の船岡山に登ることができなかった。今度は山に登って、眼下に紫草がゆれて鹿が逍遙する蒲生野を見てみたいものである。

その傍に小さな植物園が作られていて、「万葉集」に出てくる草花が植えられていた。その植物にちなんだ万葉歌が掲示されている。紫草がちょうど咲いていたのだが、可愛らしい、白い直径一センチ余りの五弁花だった。既にこの地でも自生の紫草を見ることはできないようだ。布地を染めるのに草木染めしかなかったこの時代の、紫色を染め出すためにその根が使われたという。砕いて煮出して何度も染め液を潜らせる膨大な時間と繰り返し作業である。ちなみに、紫という色は昔から高貴な階級の衣裳にしか使われていない。

標野とされる場所は、大津京から直線距離にしても、三〇キロメートルはある。琵琶湖を船に乗ってもあまり変わらない遠い道を、牛車や馬に乗ってのハイキングは、宮廷人総出の盛大なイベントであっただろう。あるいは野営もされ、これらの歌は、夜の宴会の席で歌い上げられ、やんやの喝采と、ここまで言っても天智天皇の怒りを買わないだろうか、という一部の危惧をもって迎えられたことだろう。長い間相聞歌だと思っていた私にとっては、この宴会説はちょっとしたショックだった。地方行政もそれを認めてアピールしているのだから仕方がないかとも思うのだけれど。

額田王はすでにこの時、大海人皇子との間に十市皇女《とおちのひめみこ》を持っていた。皇女は天智天皇の第一皇子である大友皇子の正妃となった。大友皇子は天智天皇亡きあと起こった壬申の乱で、叔父の大海人皇子に殺された。十市皇女にとっては、実の父に夫を殺されたという立場に置かれたのだ。大友皇子の死後十八年、三十歳前後で急死をした。自殺とも言われている。

額田王の没年は不明だが、残された歌から、六十歳までは生きていたことになっている。天智天皇より、十市皇女より天武天皇より長く生き、長く歌を作ってきた。

六　生き難き世に　大津皇子姉弟

ふたり行けど　行き過ぎがたき秋山を
いかにか君がひとり越ゆらむ

大伯皇女　（巻2・106）

天武天皇の娘、大伯皇女《おおくのひめみこ》は、十二歳から斎宮《さいぐう》として伊勢にやられていた。伊勢の天照大神《あまてらすおおみかみ》に仕える斎宮という仕事を、実質的には初めて担ったのである。二つ違いの弟である大津皇子《おおつのみこ》が二十三歳の時、伊勢へ姉を訪ねて来た。彼らは伊勢の館で一夜を語り明かし、その帰る際に皇女が歌ったものである。この時、父である天武天皇の死が近く、草壁皇子《くさかべのみこ》を後継者にするべく異母の持統天皇による陰謀が渦巻き、大津皇子は謀反人として処刑されるのをうすうす感じて、最後の挨拶に来たものと思われる。

天智天皇も天武天皇も多くの妃を持っていたし、娘を妃に迎えたり、相手の息子の妃に出したりしていて、この時の係累の線引きはとても難しい。また、この頃のセックスはおおらかであったと一般的には言われているが、まったくフリーというわけではない。子ができた際、父の特定はできないが母の特定はできるので、当時の婚姻がどんなに錯綜していても、母を同じくする姉弟でのセックスは犯罪だったのだ。なので、この時に母と父を同じくする姉弟でこっそり逢ったことさえ、犯罪とみなされたようだった。

自邸のある飛鳥から伊勢神宮まで、どうやって行ったのだろうと、私は考えた。この時代の道路遺跡が発掘されているのをみると、道幅は結構広くて六メートルはあり、アスファルトこそ無かったけれど、ぬかるまないように排水路を持った道路が続いていたようだ。

初瀬《はつせ》街道は、奈良の桜井で参宮街道とされ、榛原《はいばら》（宇陀市）で伊勢本街道と分かれ、青山高原を経由し、松阪市で伊勢街道に合流する、現在（伊勢表街道）は電車が走っているコースにあたるが、地図上の計測で一二三キロメートルある。

参宮街道（地図上は本街道とある）というのは桜井で初瀬街道と分かれ、宇陀市経由で伊勢にいたる街道で、一一二キロメートルくらいある。どちらを行っても、三〇里のかなり遠い道のりということになる。

私は秋の佳き日に、近鉄電車に乗って「斎宮」という

伊勢街道

初瀬《はつせ》街道は、奈良の桜井で参宮街道とされ、榛原《はいばら》（宇陀市）で伊勢本街道と分かれ、青山高原を経由し、松阪市で伊勢街道に合流する、

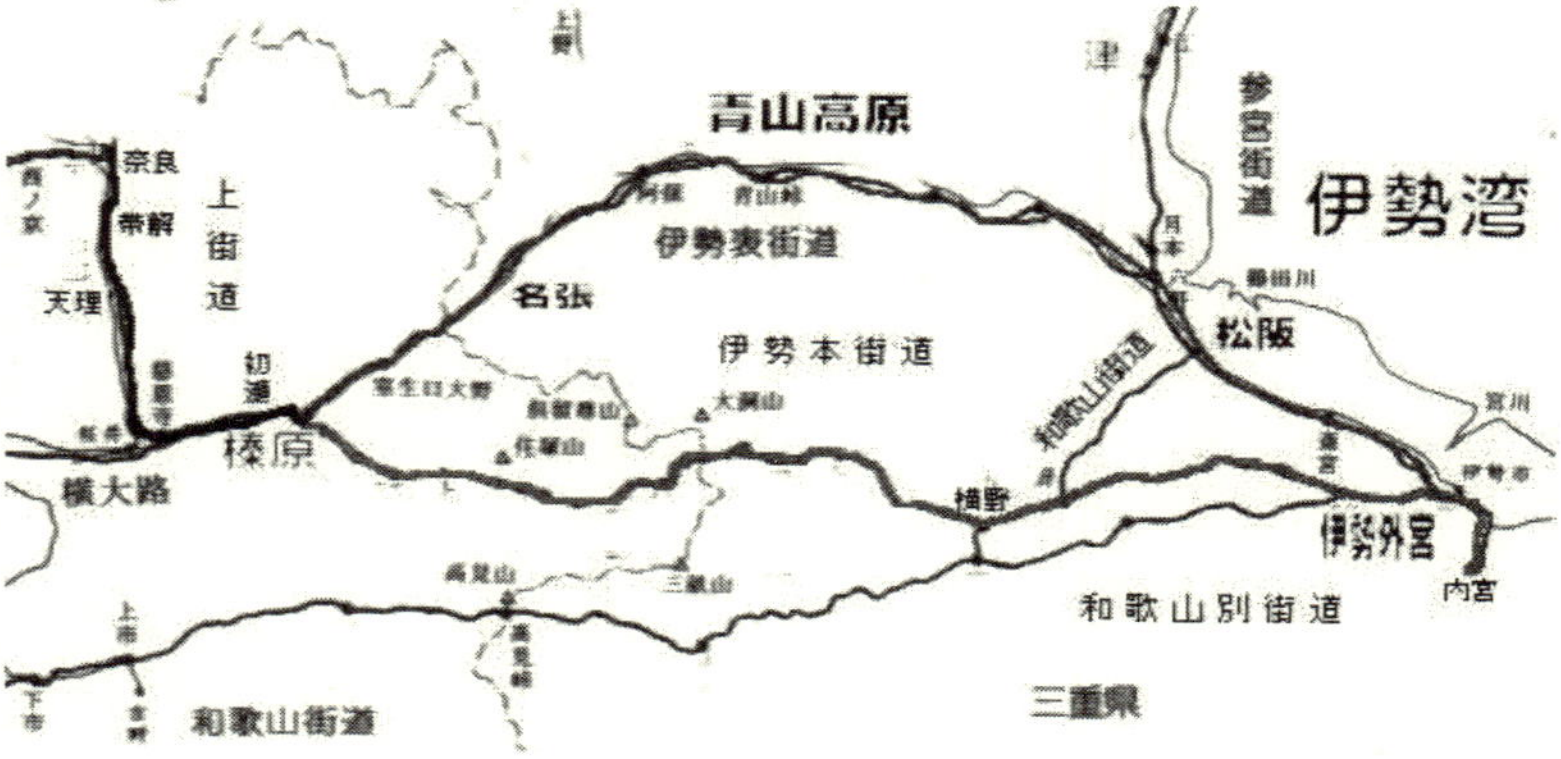

町に行った。詳しくは三重県多気郡明和町という場所なのだが、近鉄の斎宮駅があり、すぐそばで斎宮跡が発掘されている。「その規模は東西およそ二km南北およそ七〇〇mもあるらしい。斎宮寮には十三の司があり、一二〇人以上の役人をはじめ、斎王の世話をする女官、雑用係を会わせて五〇〇人を越える人々がいました」という解説があるが、この時は初代だったのだから規模はもう少し小さかっただろう。

　大津皇子は、馬で走ったのだろうか。駅馬が整備されつつある七世紀後半である。しかし、他人の目を盗んで会いに行くのに、堂々と駅馬を乗りかえ乗りかえして行ったのだろうかというところにも疑問が残る。あるいは、草壁皇子派以外からは次の天皇として期待されてもいたのだから、随所に応援する豪族や家来が居て、馬や食料を提供したのだろうか。又このような地位の人が家来も連れず走るだろうか。排泄や休憩はともかく、この若さで何も食べずに何時間も走ったのか。

　この斎宮資料館を覗いた時に、どちらのルートを使ったのか訊いてみたけれど、平安時代のルートは記録で残っているけれど、この頃の記録はないそうだ。妄想のしほうだいということか。

この姉弟の母親は大田皇女《おおたのひめみこ》といって、彼を蹴落とす側に立った持統《じとう》天皇（この時はまだ鸕野讃良《うののさらら》皇后と言われていた）の姉にあたるのだけれど、不幸なことに姉弟が幼い頃に亡くなっている。母が生きてさえいたら、皇位継承順位は大津皇子が当然上位なのだ。後ろ盾のない者は頼りない人生を歩まなければならなかった時代である。姉は父の命令で斎宮として伊勢におり、弟は残念なことに聡明であった。残念というのは、聡明で王の器とみなされたら敵が増えて、生きていることさえ危なくなるということでもあった。日本に残る漢詩集「懐風藻」には、彼の徳をこの上ないくらいほめ讃えている。

六八六年に父親である天武天皇が亡くなった。一ヶ月もしないうちに天智天皇の皇子であった川島皇子の訴えにより、大津皇子は謀反の疑いでとらえられ、翌日に奈良は磐余《いわれ》の自邸で自害させられている。正当な裁判などは無かった時代である。享年二十四。悔しい思いを歌にして残している。

百伝《ももつた》ふ磐余《いわれ》の池に鳴く鴨《かも》を
今日のみ見てや雲隠《かく》りなむ　大津皇子　（巻3・416）

持統天皇がその謀反を裁いているのだが、家来の一人だけ伊豆に流罪とした。しかし、他の三十名余の関係者として捕らえられた人たちは、止むをえなかったとして罪を許されている。即刻自害を迫られた人は生き返ることはない。この罪の差はどういうことだろう。彼女自身によるはかりごととしか考えられないではないか。持統天皇が大津皇子を殺してでも王位に就けたかった、彼より一歳年下の我が息子の草壁皇子《くさかべおうじ》は、その三年後に亡くなっている。享年二十七。

六九七年、持統天皇は草壁皇子の子であり彼女には孫である文武天皇に位を譲った。女性天皇として十一年間を統治した。彼女は天武天皇と共に進めていた律令制をより確かなものにし、藤原京の整備を進めた。また柿本人麻呂を重用し文化面も素晴らしいものを残した。

この和歌を詠んだ大伯皇女《おおくのひめみこ》は弟の死後、伊勢斎宮を辞めて飛鳥へ帰り、七〇二年に死んでいる。享年四十一。

大伯皇女は十五年ほど弟を弔って、死んだことになる。その人生の後半が安らかであったかどうか記録にはない。しかし、大津の皇子にも大伯皇女にも、まことに行き過ぎ難き人生であったことと思う。

七　志貴皇子の感慨

岩走る垂水《たるみ》の上のさわらびの
もえ出づる春になりにけるかも

志貴皇子（巻8・1418）

こういう万葉集の歌がある。いかにも春が来たという爽やかな印象があって、好きな人は多いのではないかと思う。私は神戸に住んでいるので、長い間この〈垂水〉は神戸市垂水区のことかと思っていた。〈たるみ〉という言葉の語源はいろいろあるが、滝のある地形を示していて、縄文時代からあった言葉ともいわれている。現実の神戸の垂水の地形を知らないが、私は布引の滝のような、小さいながら走り込んだ水が一気に砕ける滝と、その上の枯れ草の間から蕨が拳をあげている様子をイメージしていたのだ。

ある日、「この歌の作者志貴皇子《しきのみこ》を調べているのよ」と友人に言うと、「ああ、吹田《すいた》に垂水神社があるよ。志貴皇子のその歌の碑も立ってる。あそこのことやね」という返事が返ってきた。まったく知らなかった。しかしネットで調べると吹田駅のそばに確かにあるようなので、出かけることにした。

吹田駅に降りてみると、すぐそこから〈垂水町〉と表示してある。駅からは、ほぼ平坦な道が続いていて、右手にこんもりした緑が見えた。神社の杜と目途をつけて道行く人に訊くと、「昔はずっと見通せたのですが、ここらも住宅が建て込んでしまって」と言いながら親切にも少し戻って教えて下さった。

石の鳥居をくぐり、石の階段を上がったところに本殿はあった。祭神は豊城入彦命《とよきいりひこのみこと》で、どこにでもいるオオクニヌシの命《みこと》とスクナビコナの命が共に祀ってあった。

そこにあった掲示板によると、土地開発が盛んだった昭和初期の頃に垂水町一帯に弥生遺跡が見つかったものの保存はできなくて、調査のみで埋め戻したようだった。そして開発はこの小高い神社の辺りにまで及び、平成のバブルの時代になって、マンション建設という現実的な問題が持ち上がったらしい。子孫に良い住環境を残すため、住民総意で撤退させた。さらにその建設予定地を住民資金を結集して買取り、垂水神社の土地としたという立派な銘板もあった。暖かな陽ざしの中でそれを見ていると、ふわっと後ろを女学生が通って行った。どうやら背後の杜には民家がすでにあるらしい。そこにも弥生時代の住居跡があるとか。弥生の昔から住みやすい土地柄だったということだ。

神社を左に回り込んだ辺りに滝があると表示が出ていた。滝修行も行われたところでもあり、土足で入らないようにと警告があって、厳かに竹垣が巡らしてある。日本の神々と水は深い縁のあることは知ってるよと、と思いながら竹垣に沿って中に入ると、注連縄の向こうに塩ビの筒が差し込んであってチロチロと湧き水が流れている。あまり小さい滝なので感動してしまった。

もうすこし奥に行くと大きい滝があると書いてあったのでそこも覗いたが、せいぜい小便小僧の小便くらいの太さだ。どこに〈岩走る〉があるのだろうか。

実は、この万葉集の表記には〈石激る〉とあって、一般的には〈いわばしる〉と読んでいる。しかし、私の参考にしている本は〈イワソソク〉と振り仮名が振ってある。図書館に調べに行くと西本願寺本というのを見せてくださった。〈ソソク〉なのだから「漱」と書いてあるかと期待したのだが「激」と書いてあったのだ。文字を比較すると「漱」の方が「激」より緩やかな感じを読み取れると思う。ただ、この二つの文字はとても似ている。昔はコピー機はないので、歌心ある人が筆で書き写し書き写ししているうちに、字が変化してしまったのではないかと思った。という訳で、さて、どちらからどちらへ変化したのか、その違いを目にしたくて現地に来たのだ。

現地に立ったからといって千三百年も前の状況が維持されているわけでは決してないし、今回のようにガッカリの場合も多いのだが。

その昔、地球温暖化は今ほどでなく、冬は吹田の垂水にもどっさり雪が積もり、地下水脈は道路や鉄路で分断されず、湧き水が豊富で、流れる水は滝のように溢れてあった……と、思うことにしよう。

叙景はともかく、志貴皇子というのは壬申《じんしん》の乱で生き残った天智天皇の息子である。兄弟相食む政争の時代を頭を低くして過ごした。天武天皇の妻で、時の強力な女権力者持統《じとう》天皇は、彼にとってはまるで頭の上にのしかかった、重苦しく冷たい根雪とも思われただろう。

その持統天皇が亡くなられて葬儀委員長を任され、ようやく吾が世の春がやってくるかとワクワクしながら、屈辱を胸に秘め命長らえて来れたことを神に深く感謝したことだろうと思う。

　ようやく志貴皇子にも早蕨の萌え出る春がやってきたのだ。天武天皇の系統の男子も女子も相次ぐ政権争いの果てにその命脈が途絶えてしまって、自分の息子が天皇（光仁天皇）の位に就き、また孫が絶大な権力を掌中にした、桓武天皇として平安時代の創始者となるというところまでは見通していなかっただろうけれど。

吹田の垂水神社大きい方の滝

八　柿本人麻呂の謎

私が学校で人麻呂のことを習ったのは、〈下級官吏の出身で、朝廷歌人として活躍した〉ということだけだった。万葉集の長歌と短歌を合計して四五一六首ある中で「柿本人麻呂作」と明記されている歌は百首未満である。「柿本人麻呂歌集から」と詞書《ことばがき》のある歌は三三五首プラスアルファなので、万葉集全体の一割近い数を占めている。

柿本人麻呂という人は、生年も分らないし、没年も分からない。梅原猛が『水底の歌』という小説で、政治から突き放され刑死させられた人として描いたのも道理と思われるほど、まるで抹殺されたように、今になっても何も分かっていない。頼りになるのは万葉集に残された前述の三三五首の歌と、それに添えられた詞書だけである。柿本人麻呂歌集とされているものも、すべてが人麻呂の歌ではないと研究者が言ってさえいる。

また、万葉集というのは作られた順ではなくて、テーマ別に編集されているので歌われた年を確定するのは難しい。人麻呂にしても、自らの死に臨んだ歌のあとに、他の人の死を悼んだ歌が載せられていたりする。歌われた年が分かっているのは僅かである。『続日本紀』で、それぞれ皇子や皇女の死亡年が記録されてあるのは、六八九年草壁皇子《くさかべのみこ》のと、六九六年高市皇子と、七〇〇年明日香皇女《あすかのひめみこ》のみである。

柿本人麻呂には持統天皇に関連した歌も多いので、その時代の解説から始めることにする。

持統天皇（六四五〜七九三）は中大兄皇子（天智天皇）の娘だが、中大兄の弟にあたる大海人皇子（天武天皇）に、他の三人の姉妹と共に嫁して草壁《くさかべ》皇子を生んだ。中大兄皇子が天智天皇として政権を握り、都を大津に移した時は、皆と一緒に大津宮へ移って十年を過ごした。その後天智天皇が死に、六七二年の壬申の乱の後には夫・天武天皇の世の中になり、都を奈良へ戻した。今、立派に再建されている平城宮は、もう少し後の七一〇年、草壁皇子の嫁であり、自身の姉妹である元明《げんめい》天皇の時代を待つことになる。

彼女は天武天皇と共に、皇后として十四年間、政権を担った。吾が子、草壁皇子を天皇にするべく画策したが、結局息子は病死してしまったので、やむなく自分が女性の天皇となった。孫を文武天皇として据えるまでの十年間、持統天皇となった訳だ。人麻呂はその持統天皇と同時代を生きたと思われる。

近江の海　夕波千鳥汝が鳴けば
心もしのに　いにしへ思ほゆ

柿本人麻呂（巻3・266）

これは私のお気に入りで覚えていた歌であるが、琵琶湖の夕景色をあざやかに染め上げていると思う。人麻呂の残した歌のなかで、近江を舞台とした佳作がたくさんあるが、それはいずれも現場で描写したのではなく、昔を思い出して歌っているものばかりなのだ。大津の宮の頃は、まだ万葉仮名で書き記すところまで時代が行ってなかったのか、歌を作るまで彼が成長していなかったのか、それとも万葉集ではない『柿本人麻呂歌集』というものの中には当時の現場の歌があるのか、これも謎のひとつだ。

近鉄橿原神宮駅の東に飛鳥時代には軽《かる》と呼ばれる蘇我《そが》氏の本拠地があり、人麻呂の通い妻がいて、何の理由でか亡くなった。これはその時の長歌の導入部である。

天《あめ》飛ぶや軽《かる》の道は　吾妹子《わぎもこ》が里にしあれば　ねもころに見まく欲しけど　やまず行かば人目を多見　まねく行かば人知りぬべし　狭根葛《さねかずら》後にも逢はむと

柿本人麻呂（巻2・207）

口語詩風に長歌の全体を訳してみると、

「軽は彼女の里。何回でも行きたいけど、しょっちゅう行くと人目にたって、噂になって、それ、かなわないなあ。また今度、また今度といって。それでも恋焦がれていたのに、ある日使いが来て死んじゃったって。信じられなくて、ふらふら彼女がよく立っていた軽の市に来てみると、いつも煩い畝傍の山の鳥の声もしないし、歩く女も彼女に似た人なんか通らない。やるせなくて、その名を呼んだんだ。戻って来てくれよう！　そして魂振りの袖を振ったんだ」

他の長歌（部分）に

吾妹子が形見に置ける
みどり子の乞ひ泣くごとに

柿本人麻呂（巻2・210）

とあるので、人麻呂自身の子供であろうけど『万葉集』にも『続日本紀』にも、その子の後の動静が全然書かれてないことも謎である。

柿本人麻呂が、石見国から妻に別れて上ってくる時の長歌の後の方が気に入っている。

この道の八十隈《やそくま》ごとに万《よろず》たび顧みすれど　いや遠に里は離りぬ　いや高に山も越え来ぬ　夏草の思《おもひしな》萎えて偲ぶらむ妹が門見む　なびけ　この山

柿本人麻呂（巻2・131）

これの大意は

「来る道ごとに振り返り振り返りしたけれど、里はますます遠ざかるばかり。高い山も幾つか越えた。強い陽射しに萎える夏草のように、萎えているだろう恋しい妻のいる家のあたりを見たい。なびけ！　この山」

石見というのは島根県の出雲よりまだ西にある。車で走っても結構な時間がかかるところだ。多分、山越えの古道をトボトボと馬で大和へ行く。振り返っても越えて来た山が邪魔になってその辺りが見えない。終行の命令形がすばらしい。軽の里の彼女に対するのとは別人のようだ。

何年か前に島根の物部神社を訪ねたことがあって、ついでに「鴨山記念館」というのを探し訪ねた。斎藤茂吉が「僕がそうだと思うのだから、ここを柿本人麻呂の終焉の地としようよ」と言ったからこの鴨山に記念館を建てたということだ。残念ながら月曜日の休館日で中を覗くことができなかった。詳しくは、島根県邑智郡美郷町湯抱265である。エライ人が先に言ったから勝ち、みたいな違和感を覚えた。

柿本朝臣人麻呂が石見の国にいて死に臨んだとき自ら悲しんで作った歌一首という詞書をつけて

鴨山の岩根しまける我れをかも
知らにと妹が待ちつつあるらむ

柿本人麻呂（巻2・223）

島根県の江津に柿本人麻呂の妻がいたという言い伝えがあって、友だちと誘い合って行ってきた。人麻呂が石見に赴任してきたときに、地方豪族の娘と夫婦になったという設定である。依羅娘子《よさみのおとめ》という。その妻もすぐ近くの石見に居るはずなのに「鴨山の岩を枕に死んでいるのを知らないで待ち続けてるだろな」とは理解しがたい。梅原氏が『水底の歌』で刑死だった、などと言いたい気持ちは解る。歌は死を覚悟して書いたとしても、それを伝える者がいないと伝わらないのだから。梅原猛氏は益田市沖合の地震で水没した鴨島の辺りの海底を、歌にある鴨山として、人を雇って探索したという。

六八一年天武天皇の時代に「柿本猨《さる》に小錦下《しょうきんげ》を賜る」という記事がある。小錦下というのは天皇から食封《じきふ》という名の租税を取ることのできる民と言えばいいのか、が下される最下級の官吏だったらしい。それと七〇八年元明天皇に変わった直後に柿本佐留《さる》の死亡記事がある。ただ、これらが柿本人麻呂本人かどうか分からない。『日本書紀』や『続日本紀』の記事は昇殿を許された人、位官で言えば「五位下」以上の人の記事が書かれている。ただ、そうであるとはいえ、持統天皇の傍で歌を書いていた人が何故位官の記録にないのか謎である。猨や佐留が柿本人麻呂であったという記事はどこにもない。

本名がサルでペンネームが人麻呂（ヒトの男の子）というのはどうだろうか。人麻呂の同時代か、やや後の世で宮廷歌を作った歌人で高市黒人と山部赤人という名もあるが、これなどもペンネームっぽいと思う。正史である『続日本紀』に「黒人」「赤人」の名は現れない。

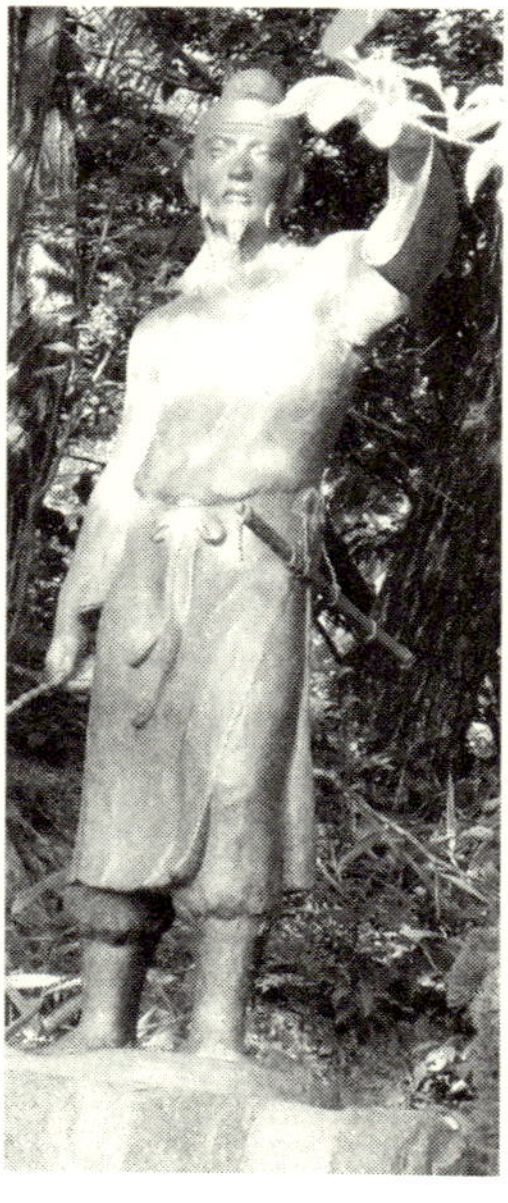

島根県江津市の高角山公園には別れを惜しむ依羅娘子と柿本人麻呂像が設置してある

九　瀬戸内航路を探る

日本は海の中にぽつんとあるのだから、当然のことながら、昔から船によらないでこの島に辿りつくことはできない。日本人は北からは古い陸続きの時代に入って来て、南からは椰子の実が寄るように舟に乗って流れついたと言われている。兵庫県の南にある瀬戸内海は大和と九州、ひいては大陸とを結ぶ大切な海の道である。その海の道を調べてみた。といっても自分で舟を漕ぐわけにいかないので、文献によるのだが。

瀬戸内海の一番狭くなっているところが明石海峡であるが、古代ここを通りぬけるのがまず難関だったようだ。弥生時代にはこの難関を通らず一旦淡路島に上陸して東に抜けたのではないかという説もあるが、とりあえず奈良時代の話なのだ。明石海峡は大和を目指して舟を漕ぐと入り口のように感じられるため、古くは明石大門《おおと》と呼ばれていた。太平洋の潮が満ちてくると大阪湾が満ち潮になり、流れが西の播磨灘の方向へ流れる。また太平洋が引き潮となると大阪湾も引いて、流れが東向きになるらしい。単純に押されたり引かれたりするだけなら、その潮に乗ったら快適に船は進むはずだが、海流というのは狭い部分で渦を巻く。それは鳴門海峡の示す通りだ。瀬戸内海のなかで、明石海峡が一番狭くなっているので、満ち潮になると反時計回りの渦ができる。そんな時は危険なので潮待ちといって、船の中か、陸に上がってか時間を待つことが必要になる。また、瀬戸内の多島海はあちこちで渦を巻くので、明石海峡に限らず航海は難しいのだ。

巻三に柿本朝臣人麻呂の「羇旅《きりょ》の歌八首（二四九～二五六）」という詞書《ことばがき》のある歌がある。場面が瀬戸内海に限ってあるので、馴染みの歌もあるだろう。

御津《みつ》の崎　波を恐《かしこみ》み隠江《こもりえ》の船なる君が告《の》らす野島に

玉藻刈る敏馬《みぬめ》を過ぎて夏草の野島の崎に舟近づきぬ

淡路の野島の崎の浜風に妹が結びし紐《ひも》吹き返す

荒布《あらたへ》の藤江の浦に鱸《すずき》釣る海人《あま》とか見らむ旅行く吾を

稲日野《いなびぬ》も行き過ぎかてに思へれば心恋《こほ》しき加古の島見ゆ

燈火《ともしび》の明石大門《おほと》に入らむ日や榜《こ》ぎ別れなむ家のあたり見ず

天ざかる夷《ひな》の長道《ながぢ》ゆ恋ひ来れば明石の門《と》より大和島見ゆ

飼飯《けひ》の海の庭よくあらし苅薦《かりこも》の乱れ出づ見ゆ海人《あま》の釣船

　この八首だが、それぞれに地名が詠み込んであるのが面白い。御津《みつ》は三津とも書かれることがあるが難波のこと。野島の崎は淡路島の野島である。飼飯《けひ》は慶の松原の慶だし、敏馬《みぬめ》は、神戸市灘区岩屋中町に神社がある。神社の縁起によると二〇一年には創建されていて既に名所？　となっていたようだ。稲日野は印南野とも書かれ、加古郡にある。印南野の辺りは台地だが傍には海があって、今の加古川はその昔は海の中に浮かぶ島であったという。

　さて、この海の道から人麻呂の八首の歌によると山陰へ向かう道にはいるようだ。古道が中国山地を貫いて出雲の方へ抜けているらしい。柿本人麻呂が、石見国から妻に別れて都へ上ってくる時の長歌と短歌というのがあるので、私はここから石見へ抜けたと思いたい。

　また万葉集の巻十五の歌の半分は、七三六年六月に出発した遣新羅使の歌日記の体裁を取っていて、ここにも瀬戸内の旅が書かれている。この時の正使は阿倍朝臣継麿《あべのあそんつぐまろ》、副使は大伴旅人の従兄弟にあたる大伴三中《おおとものみなか》だった。

　最初に家族との別れの問答歌が延々とあって、出発の港はやはり三津である。武庫《むこ》の浦を通り印南都麻《いなみづま》は波が高くて見損じ、多麻の浦とか神島か地名らしきものがある。また、道中に先述の「羈旅の歌八首」などを歌ったとある。加古《かこ》を過ぎ、広島市三原の水調郡《みずきのこほり》の長井の浦に潮待ちのために停泊。安芸《あき》の国の長門《ながと》に一時泊まり、夜に船出している。周防国玖河郡麻里布《すはうのくにくがのこほりまりふ》という地名のあるところではしみじみと残した妻を恋う歌や、この風光を見せたいという定石のような歌が続いている。

　ところが山口県防府の沖合の佐婆《さば》の海上で時化に遇い、流されて反対側の大分県にあたる豊前国下毛郡の分間《わくま》の浦に漂着している。大分寄りを辿って七夕の頃にようやく大宰府に到着することができたのだが、艱難辛苦はこの後に始まる。

　季節的にも台風が来る頃で結構危険なのだが、大宰府にも蔓延していた流行病《はやりやまい》、多分、天然痘に感染したのだ。壱岐《いき》では使節のメンバーが亡くなり、対馬《つしま》では風待ちに数日を費やし、さらに副使の大伴三中も病に倒れ、十分な役目を果たすことができなかった。

ぬば玉の夜明かしも船は榜ぎ行かな
御津の浜松待ち恋ひぬらむ

作者不明（巻15・3721）

この歌の作者は日記の主体である大伴三中だと思うが、明記してないので、不明としておく。

これは帰りの航路で瀬戸内の家島辺りで詠まれた歌だが、ここまでくるとようやくほっとした感じがする。まだまだ明石の大門を抜けなければならないのだが。昔の旅は時間も危険度も大変なものだったということだ。

帰っては、奈良の都でも天然痘が大流行した。

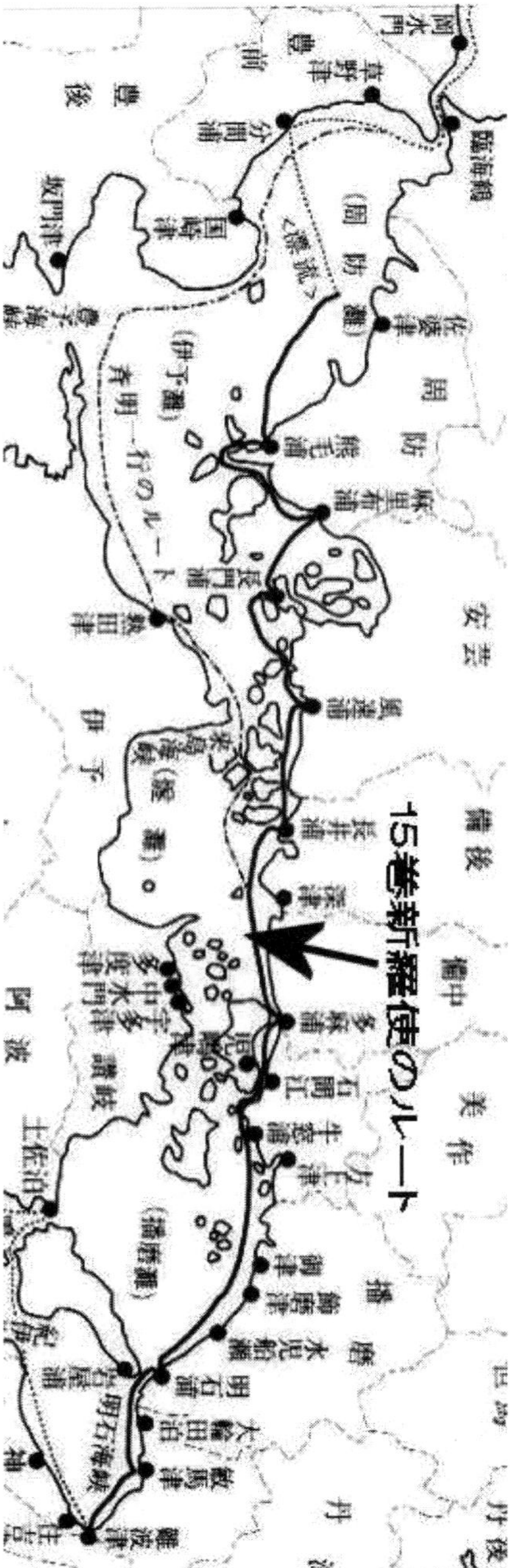

瀬戸内航路　新羅使が漂流したコースと、斉明天皇が九州へ向かったコース

十　「迷いの船」に関連して

二〇一二年三月十七日、徳島の詩誌「詩脈」の朗読会に参加した。そのとき少し時間があったので歴史資料館へ行った。歴史資料館は大体どの都市にもあり、私は各地の資料館などを覗くのが好きだ。そこには、石器時代から始まって縄文、弥生、古墳時代の地域の成り立ちや、中央との関連などが実物や模型で展示されているので、その土地を理解しやすいのだ。立派な新しい建物が建っているのだが、その割には人の入りはよくなくて、五人位も入っていたら「おお、入っている！」と思う位であるが。これらの資料館は、大きな遺跡の近くに建てられることが多いので、鉄道の駅から遠いというのが訪問者が少ない理由の一つであると思う。地域の友人が居なければ、徒歩かタクシーを頼るしかない。

　というわけで、徳島市立歴史資料館は閑散としていた。その建物は矢野遺跡という六世紀末から七世紀初頭に作られた横穴式石室を持つ小山の傍に建てられていた。

　六世紀末というと日本歴史に添って言えば、継体天皇が政権を担当していて、九州では「磐井《いわい》の乱」が起こり、大和朝廷では仏教伝来とからんで、蘇我《そが》氏が物部《もののべ》氏を制圧していた頃だ。飛鳥時代に該当する。

　矢野遺跡の横穴式石室はその頃の吉野川流域の首長の墓であったのか、詳しいことは分かっていないらしいが、大きな一枚岩を天井に二枚、奥に一枚使った立派なお墓だ。

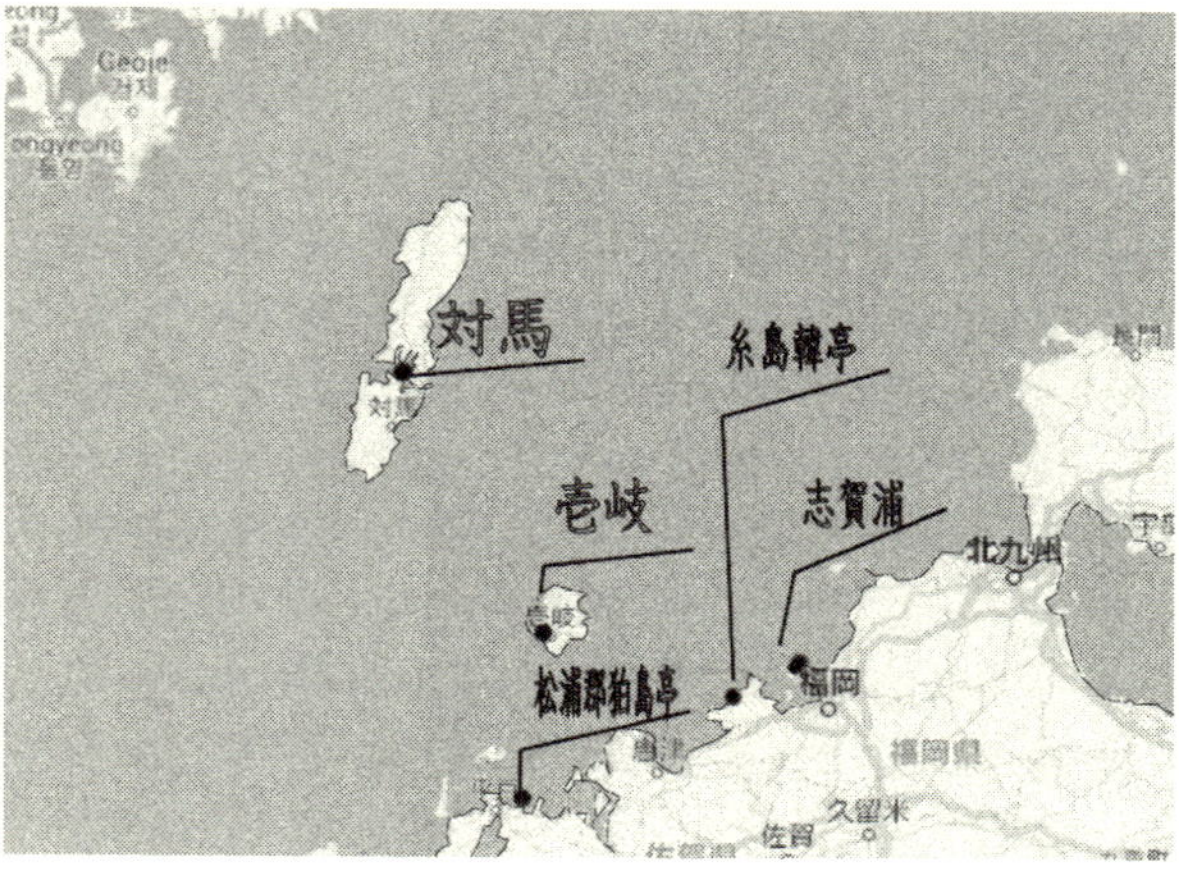

　市内に帰ってから眉山へロープウエーで登った。どんよりと曇った日であったが、眼下に大きな街が広がっていた。船王の歌碑を写真に写した。

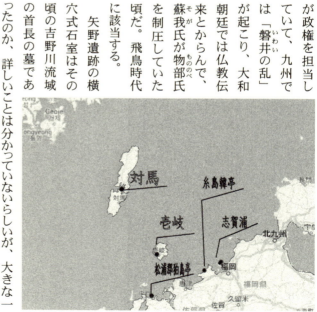

如眉
雲居尓所見
阿波乃山
懸而榜
泊不知毛

眉のごと　雲居に見ゆる　阿波の山
かけて漕ぐ舟　泊《とまり》知らずも

船王（巻6・998）

自宅に帰ってから、万葉集にある先述の船王の歌を素材にした詩「迷いの船」を書いた。詞書には天平六（七三四）春三月、聖武天皇が難波宮におでましのときの歌六首のうちの一つとしてある。

大阪あたりの地勢が今と変わって、海に直接面していたからといって、また、今のように空気が濁っていなくて、パソコンをしない古代人の目がいくらよくても、瀬戸内海の遥か向こうにある徳島のなだらかな眉山が、難波の宮から見えたであろうかという疑問があった。

それと、和歌の前半に比べての、後半の不安定さはどう考えたら良いのだろうと戸惑った。船王についてインターネットで調べて「泊知らずも」の解釈を果たしたら、すらすらと書けた。もっとも、聖武天皇の政権が不安定であると揶揄したという私のような不届きな解釈をした頁はどこにもなかったが。

迷いの変遷についてもっと詳しく書けば、七四〇年恭仁京《くにきょう》（今の京都府木津川市）に遷都の意思を表明。七四二年紫香楽宮《しがらきのみや》（今の滋賀県甲賀市）へたびたび行幸し、七四三年紫香楽宮で大仏造立の詔を発する。同年末には、手がけていた恭仁京造営の中止。七四四年難波宮（今の大阪市）遷都の詔を出す（但しこの直前には紫香楽宮に移っている）。七四五年紫香楽宮を新京とする。七四五年平城京（今の奈良市）に遷都という風になっている。

最近の恭仁京の発掘ではすでに建物も建っていて、その庭には正月などに立てる幡《はた》の基礎も出てきたという。その前の現地説明会では朱雀大路もあるが、木津川がすぐそばを流れていて、街にする部分が狭いという難点があるらしい。

これには単に聖武天皇は意志が薄弱というのだけではない理由がある。当時奈良では大宰府からとんだと思われる天然痘が大流行しており、政権を牛耳っていた藤原四兄弟がばたばたと倒れ、その子たちはまだ若く政権を任せられなかった。地方では反乱があい次ぎ、天皇の心も穏やかではなかっただろう。藤原氏に代わって政権を任せられた橘諸兄の実家がこの恭仁京にあったということだ。

また「まよやま」と「迷う」との関連づけができた。「眉山」は現代「ビザン」と呼んでいるが、古代は「マヨヤマ」であり同じ字の読みである「マヨ」は五世紀の王族「眉輪王《まよわおう》」にも見ることができる。そして何より船王本人が「かけて」と言っている。

歌の作者である船王は、天皇になることはできなかったが、七五二年の奈良の大仏開眼行事では音楽や舞いの担当をしたり、万葉集に他の歌の掲載もある。また、王族であるがために血生臭い政治にも携わり、九年後の七五七年橘諸兄《もろえ》の息子、橘奈良麻呂《ならまろ》の謀反事件の時は直接獄囚の拷問にあたつた。

後には大宰府帥にも任ぜられ、碩学として吉備真備と並び称されたこともあったらしい。

また七六四年の藤原仲麻呂の乱では共謀者として隠岐国に島流しにされたり、波乱に富んだ人生であった。

十一　万葉集のなかの瀬戸内海と徳島

詩脈七十周年おめでとうございます

七十年前というと、私は残念ながら生まれておりません。戦後の開拓生活を父母は始めた頃ですね。今は兄が祖父の立場になっておりますので、すごい時間の量です。それを引き継いで来られたということです。また、詩脈には牧野美佳さんというしっかりした人が後を継いでるので、今しばらくは安泰ということでしょう。

さて私は、いつもはビデオカメラの後ろで右往左往しておりますが、今日ははれがましくも前へ出ております。七十年よりもっと古い一三〇〇年ばかり昔の話をしたいと思います。日本で一番最初の文学書と言われる『万葉集』についてです。

ただ、大阪などで万葉集の講義を聴きにいったりしますと、和歌一つで二時間ぐらい軽く使います。今日はそれほどの時間がありませんので、なるべく簡単で分かりやすいように話したいと思っています。

万葉集の定説

★万葉集に収録された歌は合計四五一六首

★全体が二十巻に分けて収録されている

★書かれた文字は「万葉仮名」と言われ、基本的には一音一字で構成されている

★作歌について詳しく解釈のあるものと、作者の分からない歌もたくさんある

★平安時代の古今和歌集のように高貴な身分の人ものだけでなく、一般庶民と思われる人の作品も入っている

★四五一六番の家持の歌が、時代的にも最後の歌である

★これを編集した人物についてはいろいろ説があるが、現在では家持編纂説が最有力である

私の仮説1. 万葉集は家持の個人歌集だった

万葉集の歌をその詞書によって作者を分類しますと、本書巻末掲載の表のようになりました。大伴家持の歌が四七六首で全体の十一%です。家持が何らかの方法で入手できたと思われる歌が八三三首で十八%(関係)。合計で三分の一は自分や親せきや宴会の同席者、お友だちです。それをみると家持が「編集者の一人」という位置づけとは思えないのです。

私の仮説2. 歌集(万葉集)も家財とともに没収され、歌原稿が世間に出たのは二十年後だった

家持が書きためて、文箱か長持の中にでも入れていた。七八五年、家持は陸奥按察使《むつあぜち》・持節征東将軍《じせつせいとうしょうぐん》に任命され、仙台の多賀城《たがじょう》で蝦夷《えみし》との戦いに行きました。そして六十八歳で亡くなっています。その二十日余り後に、造営中だった長岡京の総責任者が殺されるという【藤原種継暗殺事件】が起きました。家持は、首謀者として罪に問われ、亡くなられた直後だったのに葬式も許されず、息子は流罪となり、領地や家財などもすべて没収されています。この事件については二十年後、桓武天皇が亡くなり、平城天皇即位の後に無罪であったと認定され官位が戻されています。歌集が日の目を見るとしたらその後です。この家持資料没収説は、かの折口信夫も唱えているようです。

七五九年家持四十歳頃に鳥取の因幡の役所で役人たちと正月の宴をした時に

新《あら》たしき年の初めの初春の
けふ降る雪のいや重《し》け吉事《よごと》

大伴家持　(巻20・4516)

という最後の歌を詠みました。それからの彼の歌は残っていないのです。仕事専一に勤めることにしたのか、一緒に歌を詠みあう友人が次々事件にかかわって、死んだりしているので書けなくなったのかわかりません。あるいは万葉集として残されたのとは違う「つづら」に入っていて、どこかへ散逸してしまったのか、誰にもわかりません。

さて万葉集を語るにはその時代を知らないといけないし、地理的状況や政治状況も知らないと歌がしっくり自分のものになりません。万葉集は奈良時代という時代をほぼ尽くしているようです。時々、雄略天皇とか仁徳天皇の歌が出ますが、古い偉い人に敬意を表して一番に載せているみたいです。同人誌の巻頭にちょっと佳い詩を載せる感覚です。

今日お配りした年表は聖武天皇を中心に用意したので載せてませんが、七二四年からあるので、六四五年大化の改新（これの八〇年前からほぼ万葉集の時代が始まっていて最後の歌が詠まれた七五九年までの三五年分です）から七五九年の一一四年間の歌が詰まっています。

六四六年孝徳天皇が難波宮遷都《せんと》、斉明天皇が百済《くだら》救済のため白村江《はくそんこう》へ参戦しようとして九州で亡くなられます。その頃から額田王の歌がたくさん残されています。

六六七年、中大兄皇子が天皇になって近江に遷都しますが、五年ばかりで亡くなります。壬申の乱が起こって弟の大海人皇子が天武天皇となり都を奈良に戻します。

六八六年に天武天皇が亡くなり、皇后の持統天皇が政権の座に着きます。持統天皇の血を受けた息子、草壁皇子を天皇にしたいが為に大津皇子を謀略にかけて殺します。せっかく天皇にしようとした息子が亡くなったので、孫が跡を継ぐまで頑張ります。この持統天皇の時代に活躍したのが柿本人麻呂です。しかし、彼の生まれた年も死んだ様子も『続日本紀』という記録にも残されていません。

大伴旅人《たびと》は家持の父ですが七一四年に大伴安麻呂（家持の祖父）が亡くなってから朝廷で重責を担います。若い時の歌もあるけれど七二七年から三年くらい勤務した大宰府での歌の数々が残されています。

この地、徳島の歌と瀬戸内の歌をご紹介しようと思うので歴史はこれくらいにします。瀬戸内沿いで言うと、神戸市東灘区に西暦三世紀後半～四世紀前半の古墳時代前期の古墳、西求女塚《もとめづか》古墳は海岸から百メートルばかり、標高六メートルの位置にあります。これを取材した歌が巻九の一八〇九～一八一一に高橋虫麻呂の歌として出ています。そして家持がその歌に寄せた歌を巻一九の四二一一～四二一三に残しています。五世紀末の打出小槌古墳からは赤色顔料で塗られた、入れ墨をした人物埴輪がでています。この遺跡は九州との海路を通じたつながりを感じさせます。七世紀（孝徳朝期）築造の芦屋市の旭塚古墳は両袖式の横穴式石室を備えていて、内部から出土したものが播磨以西との関連を語っているということです。

そこで本日の課題『万葉集の中の瀬戸内海と徳島』にようやくたどり着きます。

万葉集に載っている瀬戸内の歌を今回にテーマに選びましたが

1．一番古いのは斉明天皇が六六〇年、滅亡した百済の応援に駆けつけようとした斉明天皇の時代（六六一年）伊予の国での歌があります。

熟田津《にきたつ》に船乗りせむと月待てば潮もかなひぬ
今は漕ぎ出《い》でな

斉明天皇・額田王代作か　（巻1・8）

2．柿本人麻呂が難波津から加古川あたりへの船旅。

3．大伴旅人が大宰府から都へ帰るとき。本人と家持は陸路で、他の人たちは海路で帰った。

4．遣新羅使の歌が十五巻、一三四首って書かれている。注目すべきはその中に古歌集をそらんじたり新しく歌を作ったりしたという詞書が見られる。そして、柿本人麻呂の歌八首の内の四首の記録が残っている。

もし万葉集が政治的な歌集なら、神武東征がかならず美々しく書かれているはずだが、時代が違うので、それはない。ぽつぽつと洩れているのはあります。

今回は徳島の眉山の歌を紹介したいと思います。

陸路

大化の改新後、山陽道は十六～二十キロメートル置きに駅家《うまや》と呼ばれる宿泊や食糧の調達できる施設を建てています。駅馬を利用する駅使は駅家三箇所ごとに食料が支給され、加古の駅には馬三十頭も配備されてました。阪神間では芦屋駅がありました。

海路

日本の西部は日本海側は対馬海流、太平洋側は黒潮という海流が南から北へ向かって流れています。瀬戸内海は基本的には西から東への海流ですが、大阪湾が満潮の時は東から西への海流が発生します。昔の舟の航行は島伝いだったので、島が入り組んでいるところは渦を巻いたりしました。明石海峡で最も狭い所は、明石大門《あかしおおと》と言われ、今の明石と淡路島の松帆の浦の距離は四キロ足らずだそうです。明石側から淡路島は目の前に見えますが、海流は時速十～十三キロで流れていて、とても速いのです。

詩「明石の大門」の朗読

詞書は「柿本朝臣人麻呂の旅の歌八首」としかありません。黒字で書いてあるのが正式な人麻呂の歌ですが、難波から出発して、敏馬《みぬめ》→野島→藤江浦《ふじえのうら》→加古《かこ》の島→ここから反転して帰路→明石大門（西むいている）→明石大門（東むいている）→飼飯《けひ》（慶の松原？）

これを読んでいて、順調に加古川あたりまで行って、帰りの便になっていきなり出発の時のような歌が出て来るのがおかしくて作った詩です。

詩「艱難新羅使」の朗読

先に言いましたように、瀬戸内海を旅したという歌はたくさんありますが、巻十五にある阿部継麻呂が正使となって行った遣新羅《しらぎ》使の歌群で、私は艱難辛苦を経てようやく仕事を果たしたという意味で「艱難新羅使」という詩作品にしています。読む前にちょっと解説します。これを家持は副使として行った大伴三中《おおとものみなか》から貰ったと考えています。大伴三中というのは家持からみると、お祖父様の弟の息子に当たります。親戚としては随分遠い感じがしますが、屋敷は違っても一族はほぼ同じ場所、この頃は奈良の佐保という所に暮らしていたようなので、無事帰国したら祝いもするだろうし、道中で作った歌を見せたり書き取らせたりもするチャンスが何度もあったと思います。

巻十五の遣新羅使について

七三六年四月一七日、遣新羅使の阿倍朝臣継麻呂らが聖武天皇に出発に臨んでの拝謁をした。（続日本紀）

七三七年正月二七日、遣新羅使の大判官で従六位上の壬生使主《みぶのおみ》宇太麻呂らが帰って入京した。大使の阿倍朝臣継麻呂は対馬に停泊中に亡くなり、副使の大伴宿祢三中は病気に感染して入京することができなかった。（続日本紀）

巻十五は古歌集等からの再録を含めて全部で一四五首あり、歌日記アンソロジーの形になっている。地名と日付が時々出てくる。まず出発までの歌、大伴三津の港（難波）を出発→武庫浦（潮が引いてる）→印南津麻《いなみのつま》→神島（福山市西部にあり、風待ちの寄港地。夜に船出をした。この辺りは季節風が吹き昼は逆風のため順風の夜を待って出航したか、古歌などを記録している）→備後国長井浦に碇泊→風早《かざはや》の浦に碇泊→安芸国長門の島に碇泊→長門の浦から出帆した夜、月光を仰いで作った歌→周防国玖河郡の麻里布の浦に碇泊→熊毛浦に碇泊→佐婆《さば》の海中で突如逆風に遭い漂流して幾夜か経た後、順風に変わり豊前国下毛郡の分間《わくま》の浦に漂着（ここで雪宅麻呂《ゆきのやかまろ》の歌）→志賀《しか》・筑紫の官設宿舎に着いた→七夕に天の川を仰ぎ見て作った→筑前国志麻郡（糸島郡）の韓亭《からどまり》に到着して三日経った夜に作った→引津亭《ひきつのとまり》→肥前国松浦郡狛島亭《こしまのとまり》→壱岐島に着いた時、雪連宅麻呂が急に恐ろしい病にかかって死んだ時の歌→対馬の淺茅《あさじ》の浦に着いた、風を待って五日間竹敷の浦に碇泊した→ここから新羅へ渡っているが、その後は軽く「使命を果たして筑紫に帰って来て、都に入るために海路を取り、播磨の家島に着いた時に作った歌五首」で締めている。

詩「迷いの船」の朗読

私が最初に詩脈の朗読の会にお邪魔した時、眉山に登りました。帰ってから作った詩です。これは少し解説がいります。船王という人の作った

眉《まよ》のごと雲居《くもい》に見ゆる阿波の山
かけて榜《こ》ぐ舟泊《とまり》知らずも

船王（巻6・998）

という歌です。

時代は天平六年（七三四年）春三月、聖武天皇が難波の宮におでましの時の歌六首のうちの一つと詞書にあります。難波宮は一度目は焼けてしまったので、二度目の宮を造ったお祝いの席で歌われた歌のようです。

ここに出てくる「眉の山」は御存知、そこにある眉山ですが、難波宮からの直線距離が八八キロメートルです。現在の私たちの眼で、三重県の大台《おおだい》山から、晴れていれば富士山が見える（直線距離一八〇キロメートル）そうですので、古代の人の視力がありお天気が良ければ可能でしょう。ただ問題があります。直線距離の間に山があります。見えないのに何故「雲居に見ゆる」としたのが最大の疑問でした。そこで「眉《まよ》」と「迷う」とを掛けたのではないかと思い当たったのです。あちこちに宮を造ったり行幸したり腰の定まらない聖武天皇を揶揄してという見方で書きました。作者の船王は天武天皇の孫にあたり、大仏開眼の時は伎楽といって歌や踊りをさせる監督を務めたようです。

終わりに

　天智天皇が大津に都を作って、額田王が**紫野ゆき標野ゆき野守は見ずや君が袖ふる**（巻1・20）を歌ったのが六六七年頃で、聖武天皇の時代に遣新羅使の一行が艱難辛苦を経て帰国したのが七三七年で丁度七十年です。柿本人麻呂も**楽浪の志賀の辛崎幸くあれど大宮人の舟待ちかねつ**（巻1・30）と歌っているので、額田王と同時代に生きたはずです。その柿本人麻呂の歌を歌って、詩の力で遣新羅使の一行は辛苦を慰めあったということです。

　ところが彼等の歌は一三〇〇年経った今も生きているし、ちょっと昔のことを考えるようになったら、ありありと目の前に現れてくるのです。

　詩脈も七十年です。どの詩が生き残るかは作品の良さと、それを歌い継ぎ、伝えていく人がいるかどうかにかかっていると思います。

　長々とご静聴いただき、ありがとうございました。

（二〇一七年二月十八日、詩脈七十周年記念の会でお話しした内容です。他と重なるところがありますが、少し変えて掲載しました）

難波の都からは見えなくても、すこしずれた二上山からは見えたかもしれない。

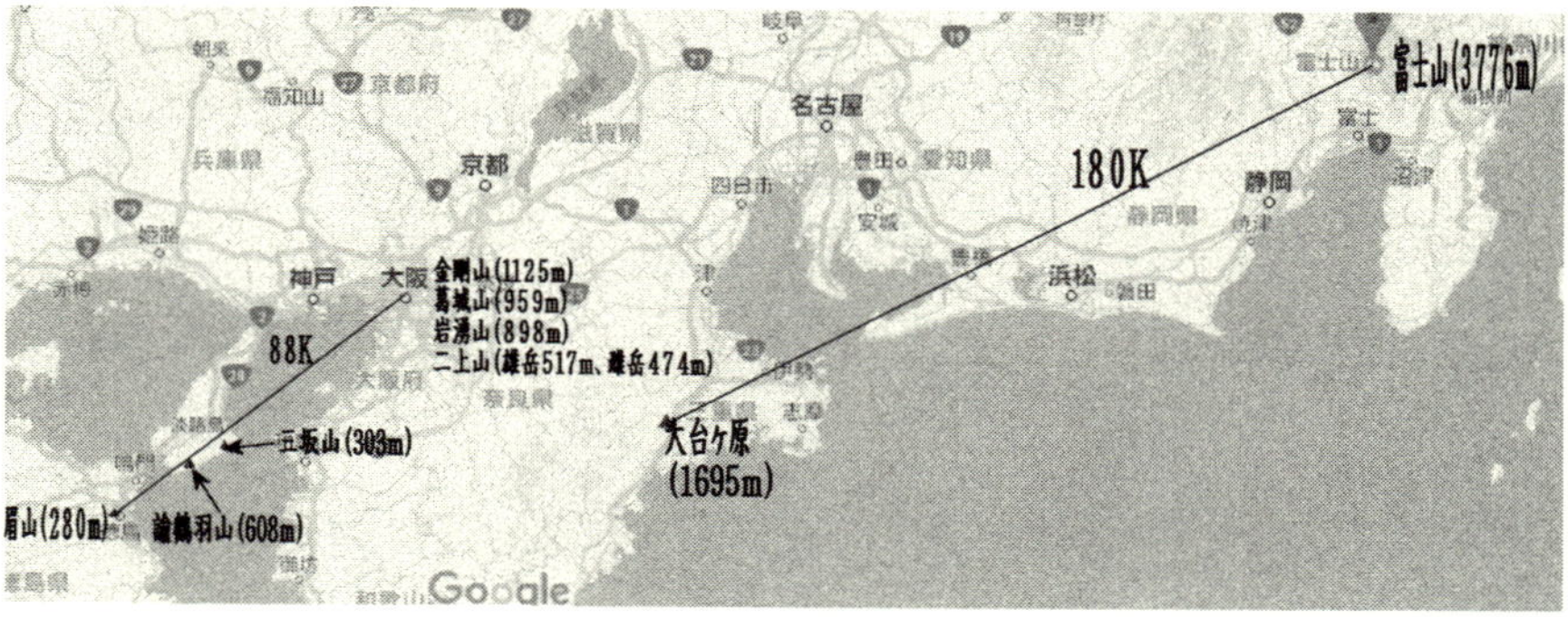

十二　万葉集のなかの酒

大伴旅人は六六五年生まれで七三一年に没している（六十六歳か）。万葉集の編集を担当したのはその子の大伴家持と言われ、何回かに分けて巻二十まで作られ、成立もハッキリとしないが最後の歌は七五九年とされている。

その時代にも、何かあると酒宴が繰り広げられたようで、万葉集巻三に、大宰帥《だざいのそち》大伴旅人卿が酒をほめたたえた歌十三首という詞書の後に次の歌が掲げてある。ただ、全首を掲示してもあまり意味がないので、三首のみ書き写す。

生けるもの　つひにも死ぬるものあれば
今あるほどは　楽しくあらな

大伴旅人（巻3・349）

（生きものはどうせしまいは死ぬもんだ。生きてる間楽しく暮らせ）

あな醜《みにく》　賢《さか》しらをすと
酒飲まぬ人をよく見れば猿にかも似る

大伴旅人（巻3・344）

（なにづらだ小利口ぶって酒飲まぬ人をよく見ろ猿に似てるわ）

なかなかに人とあらずは　酒壺《さかつぼ》に
なりにてしかも酒に染《し》みなむ

大伴旅人（巻3・343）

（なまじっか人なんかより酒壺になってしまって酒にそまるか）

いずれも筑摩書房昭和34年刊の『古典日本文学全集』村木清一郎訳の引用である。

持統三年（六八九年）には宮内省《くないしょう》の造酒司《さけのつかさ》に酒部《さかべ》という部署が設けられたというから、この頃には今に続く酒造のノウハウは確立していたのだろう。そして酒に対する規制も始まってしまった。しかしながら、大宮人は何かにつけて呑むチャンスがあったというわけだ。酒を呑めば、気分が高揚するので難局にあたっても、何でもできそうに思える。誠に貴重な飲み物である。天智・天武の政争の時代を経て、聖武天皇の時代には天変地異も重なり、大仏も造ったくらいだから、内憂外患は押しよせていただろう。

　それにしても、今に繋がる気分ではないか。今の大宮人は原発の処理をし切らず、莫大な賠償金を政府が払ってやろうと、企業には内々返事をしながら国民には納得できる説明を果たすこともできず、従って増税もし切らず。主導権争いに汲々としている。内憂多いのにその上に国外へも原発を輸出しようとしている。作った原発のシステムをどこででも使いたい企業に押されて、ホイホイ言っているのであろう。その内、「あれ程の事故を上手く処理できた実績」と世界に公言するようになるのではないか。現代の大宮人も先の和歌のように難題は先へ送り、楽天、享楽、果ては酒壺になってその楽天のもとを満々と満たし、空っぽになったらその辺に転がっていたいという風情にまったく重なってくる。

　但し、旅人がそうしたとは理解しているわけではない。彼は当時としては可成り高齢の六十六歳で亡くなっているが、彼の父親が亡くなった和銅七年（七一四年）の四十九歳からの政治的な動きの記載がある。五十五歳で九州の隼人《はやと》族鎮圧のために出兵し、六十歳前後に大宰府へ赴任している。［貧窮問答歌］［子を思ふ歌］などで有名な山上憶良の上司として働いていたようだ。

「仕事も終わりました故、まあ我が家へ立ち寄ってください」

「いやいや、子だくさんの何とやら、家では子等も家内も
　待っておりますので」

「じゃぁ歌の一つもできたらお帰りになりますか」

「そうですなぁ。では筆をちょっと」

酒が好きでもなかったと思われる憶良がそう言ったかどうだか。

　思うに任せぬ政敵の（猿のような）顔を思い出しながら、ひょうひょうとした、素面でなければ書けない歌を残しているのだ。

　そのもっと昔は、生米を噛んでは吐きだして、溜めておくことで発酵させ、作った酒があったという。「噛み酒」でユーチューブを検索していたら、美人女子大生が数人で噛み酒を作っている映像を見つけた。条件を当時に近くするために、真っ白に精白しないままの糯米《もちごめ》を硬めに蒸してあるという。ストップウオッチを中年の男が操作している。美人女子大生らは、時間をかけて噛んではビーカーに吐

きだしていた。「顎《あご》と米《こめ》噛《か》みが痛いです」という感想を述べていたが、「こめかみ」の語源もここにあるのだろう。

一週間ほどそのままにしておくと酒らしいものができていた。自然の中にある酵母菌が落下して発酵してできるとか。アルコール度数は五％弱、糖度もある濁り酒なのだそうだ。

その「噛み酒」は神事の際にも造られていて、それに巫女や処女が当たっていた。人と神の交流の場にも、酒が欠かせなかったのだ。神でなくても、男でなくても、しわくちゃの婆さんが抜けた歯で噛んで作った酒より、歯の白く揃った美人が携わったと思う方がうれしいだろう。美人の口には美しいジアスターゼがふつふつと湧いているとイメージできるではないか。また「噛《か》む」は「醸《かも》す」に通じて、その語源でもあるのだろう。

俗な醸す酒が次のような詞書のもとに万葉集にある。

「昔、ある娘が、夫に別れて、数年間、恋い慕っているうちに、夫は、ほかの女を妻に娶って、直接にはやって来ず、贈り物だけをよこした。娘は恨みの歌を作って、それに応酬したのだという」

歌は次のようになっている。

味飯《うまいひ》を水に醸《か》みなし
わが待ちし　かひはかつてなし直《ただ》にしあらねば

詠み人知らず（巻16・3810）

（よい米で酒を造って待っていたのに　そのかいもない　じかに出て来ないので）

この頃の婚姻は妻問婚《つまといこん》、または通い婚といって、男が女の所に通うかたちなので、来るか来ないかは男の勝手なのだ。だから直接やって来ずということが可能だったのだろう（旅にでも出たのかな）。彼のひとの帰りを、早く帰って欲しい。いやもう少し後で、もう少し待てばお酒もでき上がるのだからと待っていた気持ちが、その人は新しい妻を娶ってしまって帰ってこない。いやいや帰ってきたにはきたのだが、私には帰ったよの言葉と身体の代わりに土産一個だけぇ？　と、恋も何にも、ブクブクと泡は消えて、アルコールの発酵が腐敗に進んでしまいそうという気配がよく出ている。

近くでは明治八年に酒作りが自由になって、税金を国がどんどん取っていった。三十％を超える税収財源に育ったので、秘密裏に酒を作ることを禁止すると、もっと税収が増えるともくろんだようだ。

今も昭和二十八年に改訂された「酒造法」というのがあって、「酒を造る者は酒税法第七条により、所轄税務署長の免許を受けなければならない」のだ。昭和三十七年までは梅酒も禁止されていたと聞いてビックリする。

ということで、神代の昔からあった日本の酒はずいぶん規制を受けている。まあ、お上に許可を受けて業として作る分には問題なさそうであるが、「清酒」はもちろん「どぶろく」も神事に関連した一定の場所を除いては禁止されている。この神事に関連した「どぶろく特区」が認められたのも二〇〇二年の話らしい。しかしながらネットにはその作り方が詳細に記してあるのには驚いてしまう。近年はネットの記載を参考にしながら中学生でも爆弾を作ってしまう世の中ではあるけれど。

もう時効だと思うのだが、私の幼い頃、いわゆる「どぶろく」を母が作ったのを目撃したことがある。そのころはどこかから酵母菌を入手してきていたのだろう。酵母を発酵させて白い布を被せた容器を炬燵に入れていたように思う。お巡りさんの来るような町の中心地でもなかったのに「巡査は来とらんわな」と見回しながら、集落の男たちが何人か寄って酒盛りをしていた記憶がある。

もちろん今は作っていません。

昔の灯火　右菜種油（近代）左犬山椒の油（古代）

十三　大宰府へ

　二〇一五年、福岡へ行くチャンスがあったので、少し足を伸ばして友人の玉川侑香さんを大宰府政庁跡に案内する計画を立てた。そこに奈良時代、平安時代の遠の都とされた大宰府庁が発掘されて、今は芝生と礎石の公園になっているのだ。「広々とした芝生の上で、朝の美味しい空気とパンなど食べようか」と思っていた。

　しかし、その日は朝から雨だった。

　八月だというのにどうして九州は雨が多いのだ。私は前日にも柳川観光で使った派手なオレンジ色のポンチョを被って傘をさした。友人も傘だけでは間に合わないので、ゴミ袋で合羽を急きょ作って更に傘をさした。

都府楼《とふろう》跡という西鉄の駅で降りて、川沿いを少し歩いて左に折れると、そこがもう大宰府庁跡だ。雨のため、奥の方は濃い霧がかかっている。近くを、百人一首で大伴家持が歌ったカササギ※が飛んでいる。韓国では、朝にカササギを見かけると、運が良いというのだ。スズメも地面をつついて何かをしきりに探している。
　大伴旅人は七二七年、六十二歳の時大宰府の一番上の位の帥《そち》として赴任している。その時、息子の家持や妻も一緒だったようだ。旅人は都から遠い所へ赴任させられたということで、疎外感も多いに感じたかもしれない。しかし、そこで政治を執り行い、機に臨んでは詩歌の会を催した。梅を詠った和歌とか、酒を詠ったものをとか、出席者にあらかじめ伝えてあったのか、その場で歌題を出したのかはわからないが、テーマのある歌を書かせて、それを残している。今の詩や歌の吟行ともよく似た作り方をしているのに感心する。そして残念なことに、そこで妻を亡くしている。
　旅人は七三〇年六月、足に瘡《そう》を生じた。多分怪我をした所にバイ菌が入って、いわゆる感染症になり、敗血症というところまで行ったのだろう。今の世ならば抗生物質の点滴で、こともなく済んだところだが、生憎の奈良時代である。遺言まで用意したようだ。まだ長男の家持が十代になったばかりだったので、大伴家の将来を思えば不安だったと思う。そして命取り止めて、その年の十月に昇進して都へ帰ることができた。四年と三ヵ月ばかりの大宰府の赴任だったことになる。万葉集に残された大伴旅人の歌は六十三首だが、そのほとんどが大宰府やその周辺で詠まれている。家持少年は父と共に赴任したとすれば、大宰府で十歳から十四歳までの多感な時代を過ごしている。大宰府政庁跡の正門からまっすぐ出たところは、奈良の都と同じく朱雀大路《すざくおおじ》と呼ばれている。大宰府学校院跡という史跡も近くにある。大伴家は武門の名家でもあるので、身体を鍛えるために都府楼跡の裏山あたりを駆けまわったりもしただろうし、馬にも乗っただろう。十キロばかり下った海まで走らせたかもしれないと想像をたくましくする。

私たちが泊まったのは福岡県紫野市二日市《ふつかいち》という所の、安い安いビジネスホテルだった。少し歩けば温泉もある由緒ある場所らしいが、日頃の無精もあって、出かけることはしなかった。あとで知ったのだが妻を亡くした大伴旅人はその湯で万葉集に収録された歌を詠んでいるのだ。

湯の原に鳴く芦田鶴は　わがごとく
妹に恋ふれや時わかず鳴く

大伴旅人（巻6・961）

住宅の建ち並んだ商店街も、一三〇〇年の昔は両側に山の迫った低湿地だっただろう。葦の茂ったところに竹囲いをしたような鄙びた湯に旅人はつかったのだろうか。夕景色の中を、首をまっすぐに天に向けて、喉の枯れるまで啼きつくすような鶴の声が聞こえて来るようだ。六十代の老境に入って、しかも都の親族たちからも離れた遠い国で、連れてきた妻を亡くすというのは、どんなに頼りないことであろうか。作為もなにもない、純な心が感じられる。

更に後になってわかったのだがこの二日市は詩人の安西均の故郷だったのだ。古代史や、『古事記』や『万葉集』に造詣が深かったようだ。

※百人一首に「鵲の渡せる橋に置く霜の白きを見れば夜ぞふけにける」がある。

十四　憶良ってどんな人

銀《しろがね》も金《くがね》も玉も　何せむに
まされる宝　子に及《し》かめやも

山上憶良（巻５・８０３）

という憶良の歌は中学の頃に習っただろうか、額面通りに、誰が何と言っても子どもこそが宝ものだという意味だと聞いて、納得したものだ。

私は戦後の開拓地で育ったので家は貧乏であったけれど、父は一緒に入植してくれた母をいたわり、私たち子どもにも、よく優しい言葉をかけてくれた。彼は頑固な面はあったけれどいわゆる頑固親父ではなかった。そしてもちろん、我が家に金も銀も玉もなく公の借入金がのしかかっていたのだが。

冒頭の歌の作者である山上憶良《やまのうえのおくら》のことだが、生まれ年も亡くなった年も記録に残っていない。七三五年の歌の記録から後のものがないので、その年の間もなくに病で亡くなったであろうということになっているようだ。生まれは六六〇年とされているが確かなものではない。

彼の生まれがハッキリしないことについて、六六〇年、百済の滅亡に際して、父親と共に日本に渡ってきた渡来人であるという説もある。歴史学者には否定されているようだが。

彼が七十五歳で亡くなったという計算での話だが、第七次遣唐使の記録係として唐の国に行っている。四十歳頃の、これが公式記録に名前が載る初めてのことだった。この遣唐使の一番エライ人である粟田真人《あわたまひと》という人の推薦を受けて派遣されたらしい。

粟田朝臣真人は王族出身で、遣唐使は二回目であり、白村江の敗戦の処理などの難しい案件を無事終えて帰ったのだ。憶良はその遣唐使について行って、七〇二年から七〇四年の二年間、唐（その頃は周）で見聞を広め、書記の役割を果たし、同じように無事帰国した。

その後、憶良もようやく記録に載るようになったのだが、五十七歳頃に伯耆守《ほうきのかみ》に任じられている。その前後には、聖武天皇が皇子だった頃の教育係もしている。

七二六年、六十六歳の頃に九州は筑前守《ちくぜんのかみ》に任ぜられた。大伴旅人が大宰府に赴任して間もなく奈良から連れてきた妻を亡くしたら、すかさず大量の詩歌を傷心の旅人に送っている。そして、大伴旅人がひらく歌の会に、頻繁に出席して歌を残している。

憶良は大伴旅人より四～五歳年上なので、宴会をしても旅をしても、体力では弱かっただろう。他にも、宴会を辞する時の歌などがあるが、旅人が酒を称える歌十三首を書き並べてある直前の、

憶良らは　今はまからむ　子泣くらむ
そを負う母も吾を待つらむぞ

山上憶良（巻3・337）

という宴会を辞する歌は、いかにも〈銀も金も……〉と歌った彼らしく真に迫っているが、よく考えると言葉の綾で成り立っているとしか思えない節がある。その時、憶良は六十七歳過ぎているのだ。家で泣きながら待っている子の年齢を考えると、六十五歳過ぎてからできたということになってしまう。男の能力としては、まったくあり得ないことではないが。

その歌会に連なった事情を知る人たちは、この詠み上げられた歌を聴いて、どっと湧いたことだろう。そう考えると、彼は成り切りの名人ということになる。まさに詩人なのだ。

先にあげた、銀も金も玉も……の歌は『万葉集』巻五に入っていて、雑歌《ぞうか》の分類になっている。旅人卿が大宰府にいて、都からの親族の相次ぐ訃報を受け取り、妻さえ亡くし意気消沈していた時、生老病死は世の常であると慰めた仏教説話風の長歌のあとに、この和歌を入れている。

妹が見し　楝《おうち》の花は散りぬべし
わが泣く涙いまだ干なくに

山上憶良（巻5・798）

これは旅人の作品かと思える程、旅人卿自身に、いかにもなりきっている。妹《いも》というのはまことに便利な言葉で、自分の恋人はもちろん、そこで見かけたご婦人も妹と呼ぶときがあるし、このような友人の老妻も妹なのだ。楝というのは今の栴檀《せんだん》だと言われている。

面白い歌がある。天平二（七三〇）年十二月六日、筑前の国の守、山上憶良が謹んで差し上げますという詞書《ことばがき》と

共に

吾《あ》が主《ぬし》の　御魂《みたま》賜ひて
春さらば奈良の都に召上《めさ》げ給はね

山上憶良（巻5・885）

という歌を残している。旅人卿が昇進して帰られたならば、自分もぜひ帰れるように朝廷へ画策してほしいという歌なのだが、これは彼の直接の望みであったと解釈するむきもあるようだが、都へ帰っていく格別仲良くして戴いた上役へは、こうあるべきではないかとした挨拶文だと私は読む。良くも悪くもその役に成りきってしまうのである。

秋の七草を詠み込んだ知恵のプンプンする歌もある。

萩の花　尾花葛花　なでしこの花
をみなえし　またふじばかま　朝顔の花

山上憶良（巻8・1538）

憶良の四十歳までの、鳴かず飛ばずの暮らしや心はどんなだっただろう。遣唐使の書記で採用されたのだから、読み書きの学問はできて頭は優秀だっただろう。百姓仕事でこき使われたということはないだろうが、下層階級の貧しい生活は経験したことだろう。当時は通い婚なので、記録にはないが、本当に妻も子もいたかも知れない。冒頭の歌の、子へ対する情感も、ただの成り切り、借りものとは思えないものがある。

そして、詞書に「男の子の、名は古日というを恋いしのぶ歌」というのがある。

稚《わか》ければ道行き知らじ
幣《まひ》はせむ黄泉《したべ》の使　負ひて通らせ

山上憶良（巻5・905）

これは天平五（七三四）年彼自身の死の前年にあたるのだが、幼くして死なしてしまった息子の可愛さを、しみじみと歌った長歌の後につけている和歌だ。黄泉路《よみじ》への道を知らないわが子のために金をつけてやるので、背負って行ってやってくれという哀切な歌である。これは現実に筑前に赴任した先でもうけた子のことを言っているという説もある。しかし先も書いているように赴任したと思われるのが六十六歳である。それから子を作るに絶対とは言わないが、かなり厳しいものがある。

やっぱり、地方長官で行った時に、若い嫁さんをもらったのではないか？　という友人の意見で読み直すと、宴会を辞する歌は三歳頃で、この古日への歌は八歳ぐらいに比定できる。しかし、資料が少なすぎるのはまったく不自由な話である。

記録に残された彼の最後の歌がある。天平六年に病気見舞いへの挨拶に口ずさんだとされている。起き上がって筆を持つ力がなかったのだろうか。知恵も仕掛けもない、思いそのままの句である。人は思いを残しながら死ぬものである。

男児《おのこ》やも　空《むな》しかるべき
万代《よろずよ》に語り継ぐべき名は立てずして

山上憶良（巻6・978）

これだけ見事な歌をたくさん残したのに、その頃の日本の正史『続日本紀』に、山上憶良の死亡記事は載っていないし、いたかもしれない憶良の子の宮仕えの記事もない。

追記すると、山上憶良は『万葉集』に載っている歌の解説を試みた『類聚歌林』という本を書いている。といっても残されているのは『万葉集』の中の、巻一と巻二についてに限られるのだが（巻九は一、二の時代の補遺集の感じがある）その歌の作者が違うとか、掲載の事情が違うという論を注記している。万葉集に関してはこれだけでも、当時書かれていた文書への評論のようなものがもっと載っていたのではないか。

巻十七の大伴家持と大伴池主の贈答書簡（三九六七〜三九七五）の中に「山柿《さんし》の門に学びませんでしたので」歌がうまくできないと嘆いた一節がある。この「柿」は柿本人麻呂として、「山」の方が山部赤人という紀貫之の論に私は承知しかねている。人麻呂は歌自身が素晴らしいし、山上憶良は評論と成り切りの詩人としての志向があると思う。また、憶良も漢詩を得意としている。一方家持は万葉集にも漢詩らしきものを少し載せてはいるが、漢詩に憧れていたというか劣等感を持っていたと思う。彼は十歳で大宰府へつき従い、都へ帰ると間なしに父は死んだのだ。親しく漢詩を習い作るチャンスが薄かったのではないかと思う。

十五　福島から仙台へ現代から過去へ

二〇一五年四月十二日に東京のリバーサイドホールのミニシアターという小さなスペースで「詩朗読きゃらばん」をした。お陰様で五十席の内の四十六席を埋めることができたのでホッとした。会後の交流会も二十名余りの出席者を得て、楽しいひとときだった。

翌日は早朝出発して関西から同行の二人と共に、いわき市へ向かった。木村孝夫さんに車でいわき市を案内していただきながら、いろいろお喋りをした。福島の原発が爆発した時、いわき市は風上にあたっていたので、比較的汚染は免れた。そのため、今は建築ラッシュだという。原発の近くから避難した人たちが帰るあてもないところから、いわき市に地所を買い家を建てているのだ。彼らは避難しているのだが、補償金などで金回りが良いせいもあって、地所を二軒分買って一軒建てたりする。そのため、元の住人との間に反目感情が出たりしているそうだ。さもあらんと思う。原発を誘致したお陰で、百姓屋の大きな家を建てたり住んだりしてきた人たちだ。震災後の神戸の住民みたいに、狭いマンションで我慢できるはずがない。

美空ひばりの歌った「塩屋岬」に案内してもらって、そこで木村さんの詩朗読場面をビデオに収めたが、後で見ると、海際だったので強烈な風切り音が入っていた。自動車の音や鳥の声が入る予想はできるので、カメラの向きを変えたりして対応する。しかし、風切り音が入ることはなかなか予想ができない。

浪江町の住民であった根本昌幸さんとも合流して、浪江駅の方まで走ってもらう。どの辺がというのは分からないが、車で入っても良いという許可証をあらかじめ取って下さったので、スムーズに走れた。しかし交通の要所では警備員らしい人が立ち番をしていた。一日中立っていて被爆障害は大丈夫なのだろうかと心配する。

浪江の町の中を走る私たちは、帰ってきた浦島太郎のようなものだった。震災後、原発事故があり、人々は取るものも取り敢えず逃げ出したそのままになっている。インフラは整ってきているようで、信号機は機能していた。浪江駅前のシンとした所で根本さんと木村さんの朗読を収録する。駅前広場の街灯が地震のせいか、打ち倒されたままになっていた。

地元出身の佐々木俊一を顕彰する新しい楽譜碑「高原の駅よさようなら」が悲しかった。「しばし別れの夜汽車の窓よ／いわず語らずの心とこころ／またの逢う日を眼と眼で誓い／涙見せずにさようなら」を心の中で歌った。

すごく立派に、すっくと建っている町役場へも立ち寄る。町としては帰還準備をしているとかで、相談にみえている男性もいたが、私は話の詳細を聞く立場ではない。

今回は忙しいということで若松丈太郎さんにはお目にかかれなかった。彼は原発がこんなことになって、一挙に有名になった感があるが、チェルノブイリ以来、原発の未来について書いて、発言してきた人だ。未来に対して予見できるのが詩人としたら、まさに彼は詩人であると思う。

以下は若松丈太郎さんの一九九六年に土曜美術社出版販売から発刊された『若松丈太郎詩集』の中の「神隠しされた街 6」という詩の部分引用で、6の全文は私のホームページ「山の街から」の「詩書の立ち読み」に掲載している。

原子力発電所中心半径三〇㎞ゾーンは危険地帯とされ／十一日目の五月六日から三日のあいだに九万二千人が／あわせて約十五万人／人びとは一〇〇㎞や一五〇㎞先の農村にちりぢりに消えた／半径三〇㎞ゾーンといえば／東京電力福島原子力発電所を中心に据えると／双葉町／大熊町／富岡町　楢葉町／浪江町　広野町／川内村　都路村　葛尾村／小高町　いわき市北部／そして私の住む原町市がふくまれる／こちらもあわせて約十五万人／私たちが消えるべき先はどこか／私たちはどこに姿を消せばいいのか／事故六年のちに避難命令が出た村さえもある／事故八年のちの旧プリピャチ市に／私たちは入った

夕方には雨が降りはじめた。仙台までバスで出て、一旦チェックイン。それから仙台での会合の場所へ向かった。

会場では生活語詩集アンソロジーの牛島富美二《ごとうふみじ》さんが待っていてくださった。仙台の詩人たち四人と我々三人の合計七人による朗読と会席の夕べである。なかでも、東日本大震災の津波で流された宮城県南三陸町の郵便ポストが沖縄の竹富町西表島《いりおもてじま》に漂着したことを詠んだ詩が印象深かった。耳で聴く場合はやはり物語性があるものが強い。

翌日は最終日でレンタカーを借りて仙台を走った。『万葉集』の大伴家持最後の任地「多賀城《たがじょう》」に行った。

大伴家持はこの地で最期を迎えたことになっているが、駅などの観光用看板をみても、そのことに触れてなかったのが不思議だった。生まれたのでなく死んだのは確かに縁起はよくないのだが。地元の歌人だろうか扇畑忠雄という人の真新しい歌碑があって、そこでようやく家持に触れていた。「多賀城に立ちて落日に向かひけむ　家持思ふまぼろしの如」大伴家の落日を擬しているのだろう。

家持は「藤原仲麻呂の乱」の後、薩摩守に左遷されているが、その後、九州各地を転職し七八二年に参議に復帰し、翌年中納言に昇進した。陸奥按察使持節征東《むつあぜちじせっせいとう》将軍の職務のために滞在していた陸奥国で七八五年に没したということになっている。当時、陸奥国というのは、ここ多賀城のはずだが、都で没したという説もあるようだ。享年六十八。

七八五年家持が亡くなって二十余日後、【藤原種継暗殺事件】が次の都として造営中の長岡京で発生した。氏上《うじのかみ》である家持も関与していたとされて、すでに死んでいたのに埋葬を許されず、官籍からも除名された。家持の子の大伴永主《ながぬし》は隠岐国に配流となった。

二十一年も経った八〇六年に、罪を赦され家持はようやく元の従三位に復された。

家持の子や孫が以後、歴史の表舞台に出ることはなかったようだ。ただ彼の元から没収された歌集が『万葉集』と命名されて、繰り返し筆記され、世に広められたのが彼にとっても日本の文化にとっても名誉だったといえるだろう。

ここ多賀城は七二四年に創建され、大和朝廷が蝦夷を取り込んで、時には武力で制圧して段々北進し、ひとつの要衝としたところだ。大正十一年国史跡に指定されていて、今は市民の憩いの場所となっている。

桓武天皇の権勢をふるった時代には北進していて、胆沢《いさわ》城や志波《しわ》城が要衝となっている。

坂上田村麻呂《さかのうえのたむらまろ》と蝦夷の強者《つわもの》アテルイの物語の展開する胆沢城は、ここ宮城県の更に北の岩手県奥州市にある。

多賀城の周囲にしだれ桜が満開になっていて、記念写真を一枚撮る。基壇は整備されているが、載るべき建物は再建されていない。難波宮のような朱塗りのあでやかな建物を想像したら良いのだろうか、または黒い質実剛健な感じだろうか。

十六　万葉集と大伴家持

はじめに

この二〇一六年五月八日に兵庫県現代詩協会の総会がありました。そのときに、講演依頼があったので思い切って万葉集の話をすることにしました。というのは、二〇一一年から万葉集を材に採った詩を「同人誌・リヴィエール」に書くようになって、大伴家持という名前があまりにも頻発するので、その関係を探っていたところだったからです。この文章は講演の後をなぞっていますが、そのものの文書化版ではありません。

万葉集の定説

万葉集は途中「補遺」がありますが、四五一六首の歌によって成り立っています。その成立については諸説ありますが、『万葉集』は「一人の編者によってまとめられたのではなく、巻によって編者が異なるが、家持の手によって二十巻に最終的にまとめられた」とするのが妥当とされています。そして、万葉集の最後の歌が、家持の因幡国守として赴任した正月の歌というのも、ほぼ認められています。

ひとつの仮説

大伴家持の歌が非常にたくさん載っているということに対して、私は家持が選者の一人ではなく、「これは家持の個人歌集だった」という仮説を立ててみました。梅原猛ほどの人が仮説を立ててみましたといったら、多くの人が振り向くけど、私がいったってだれも振り向かないやろな。

もう一つの仮説

家持が書きためて、文箱か長持の中にでも入っていた『歌集（万葉集）』も家財とともに没収されたのだという、もう一つの仮説を立ててみました。

没収について少し書き足します。七八五年に家持は陸奥按察使《あぜち》・持節征東将軍《じせつせいとうしょうぐん》に任命され、仙台の多賀城《たがじょう》で蝦夷《えみし》との戦いに行きました。そして六十八歳で亡くなっています。

その二十日余り後に、その時に造営中だった長岡京の総責任者が殺されるという【藤原種継暗殺事件】が起きました。家持は、その首謀者として罪に問われ、亡くなられた直後だったのに葬式も許されず、息子は流罪となり、領地や家財などもすべて没収されています。この事件については二十一年後、桓武天皇が亡くなり、平城天皇即位の後に無罪であったと認定され官位が戻されています。二十年くらい経って許されても、もう遅いですよね。

でも、その没収されていた家持の歌集の価値を認め、日の目を見せてやる決心をした誰かがいたとしたらどうでしょう。それはただのボランティアなのか、自分の作品か親の作品もその中にあるために頑張って残したのかは分かりません。山上憶良のような滑るような文筆を持つ人なら、その経緯を記したかと思うのですが、気の利いた文章が書けない人だったのか。または、家持が罪人である内に入手したものの、どうすることもできないまま長持の奥底へ入れて死んでしまったのか。そして、そのずいぶん後の人が発見したため、経緯は闇の中になってしまったのか、いろいろ妄想が脹らんできます。この「家持資料没収説」は、かの折口信夫も唱えているようです。

万葉集で使われている文字は万葉仮名と呼ばれていますが、平安時代になると平仮名が使われるようになったので、万葉仮名を読める人が居なくなったらしいのです。私たちがパソコンを使うことに馴らされてペンで文字が書けなくなるのと一緒です。

エクセルによる集計

仮説1の「家持の歌が格段に多い」という証拠固めのため、いつも利用している『古典日本文学全集』村木清一郎訳（筑摩書房昭和34年刊）の上下二冊の本を取り出して詞書をチェックしてみました。それを表計算ソフト・エクセルに載せていきます。膨大な一覧表ができあがりました（巻末資料としています）。それを「家持の歌」「家持関連歌」「一般歌人の歌」「作者不明の歌」「引用表記のある歌集の歌」に分けます。

万葉集には歌とは別に〈詞書《ことばがき》〉という注釈文があって、何時、どこで、だれが、何のためにまたは誰のために作ったということが細々と書き付けられてあるのです。今回はそれを利用しました。

「家持歌」は大伴家持が作ったと署名のある歌です。

「家持関連歌」というのは家持の周辺の人の歌で、これには詞書の他に家持との関係図が必要です。詞書で名前が分かってもどういう関係か分からないと分類できないからです。ウィキペディア（ネットの事典みたいなもの）を大いに活用させて貰いましたが、これも人名の家系図の部分をつぎはぎして、自分流のものを作りました。それと、家持や深い関連の人が参加したり主催した会の人の歌は関連歌としました。

また、巻一・二は宮廷歌といわれていますが、これはすでに形になっていて、叔母の大伴坂上郎女が彼に歌を教える際の教則本にしたようなので、随分悩んだ末最終的なところで関連歌人に分類しました（巻末辺りに置いてます）。

身近な人が参加していない歌の会でも、彼の友人などが収集して家持に見せたという可能性はたくさんありますが、そこまでの検証は今のところできません。そこで名前が出ている人は「一般歌人」になります。「〇〇歌集に出ている」とあるのは「歌集より」としています。大伴氏の中で歌を提供している人に丸印をつけてみました。旅人より古い時代のものは口承で伝わったものと、家持が資料として入手できたものがあります。

「家持関連の歌」の関連というのは、彼の姻戚や友人関係で収集可能だった歌、相聞歌などで、家持へ向けて贈られた歌、宴会などで家持も同席していた、という遠慮深い設定です。一から二十巻までで、作者不明が家持ではないかとか、別途入手可能だったのではないかという歌もありますが、今回は作者不明のままにしています。

再度言いますが、歌集に入っているのが四五一六首で、その内、確かに家持の歌と思われるのが四七六首。約一割ですが、彼の周辺から集める可能性のある歌を足して、八三三首、三割弱。全体の三割近くも家持とその関連作家で作られた歌集は、彼が編纂に係わったということではなく、彼の私歌集だったと言えるでしょう（集計の資料を巻末に載せています）。

家持の経歴

ここで、分かっている限りの家持の経歴について触れてみます。といっても資料としては『万葉集』の歌の前後に説明として細かい字で書かれてある詞書や、『日本書紀』、『続日本紀』の他にこれといったものはありません。それをどう読むかで解釈は分かれてきますが、どう読むと言ったって難かしすぎて、過去の学者が読んだものが現代語訳になっていて、それを読ませていただくということです。

父は大伴旅人

家持の父は、大伴旅人《たびと》、母は丹比郎女《たじひのいらつめ》ですが、旅人の正妻大伴郎女《おおとものいらつめ》に子がなく、側室の長男である家持が後継者でした。旅人が七二四年頃に九州の大宰府の帥《そち》として赴任した際、家持も十歳ぐらいで同行しています。

大伴家持の家系図をご覧ください　●は万葉集に歌が載っている人です。

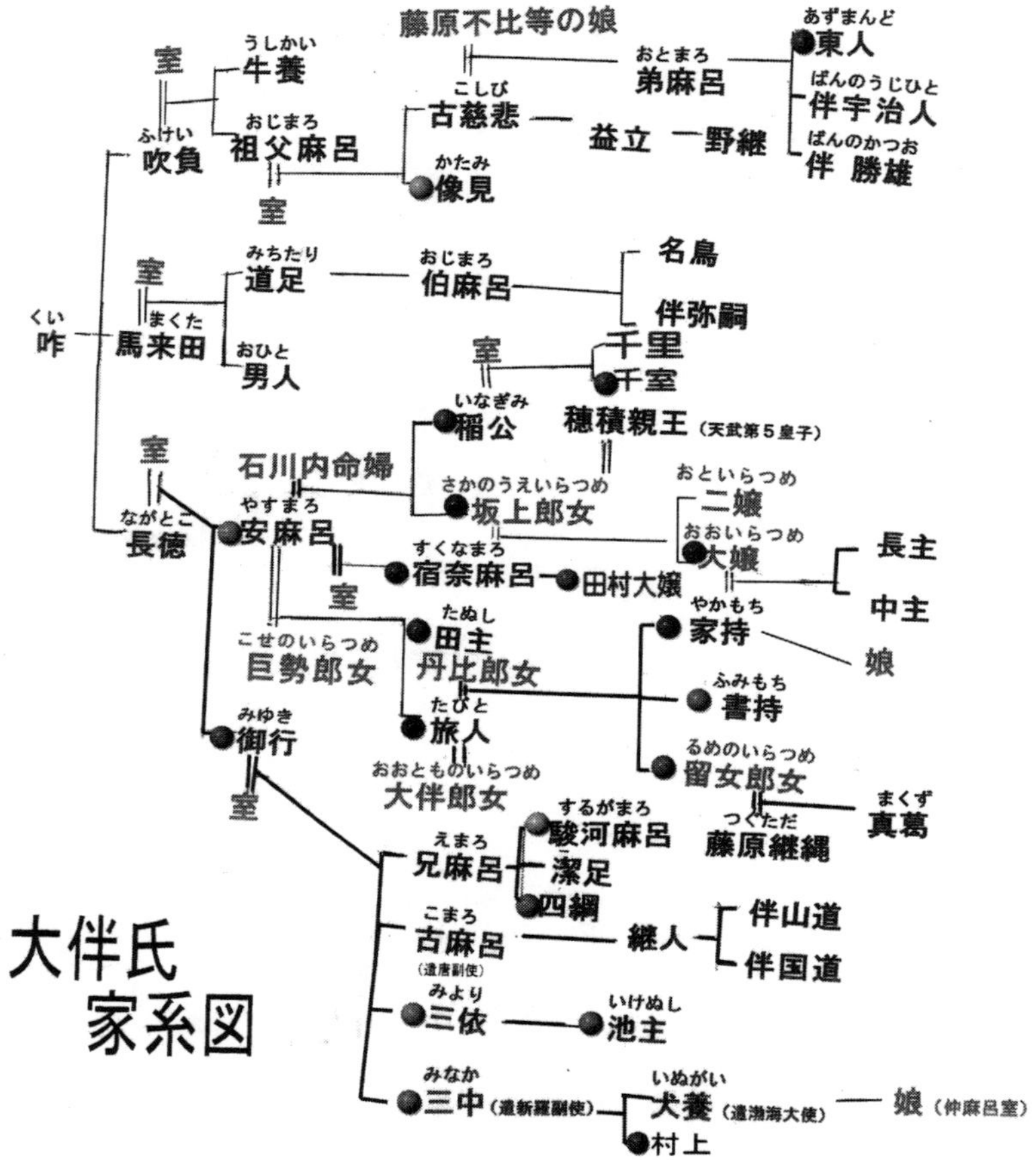

旅人は大宰府で妻を病で亡くすのですが、それが側室である家持の母なのか正妻なのかは、記録にないので論が分かれています。

旅人の大宰府での勤めは四年ばかりでしたが、正月の宴会、酒を褒める歌を作る会、日本海側にある松浦《まつら》を巡視した際に、古い事跡などを偲んで歌を作ったりしています。下役にあたる山上憶良なども頻繁に往来し【築紫歌壇】を形成したと言われています。

旅人自身も足の怪我がもとで感染症を発症し、瀕死となったりしました。家族共々七三〇年に大和へ帰還しましたが、旅人は翌七三一年に病で亡くなりました。この時、家持はまだ十四歳くらいです。

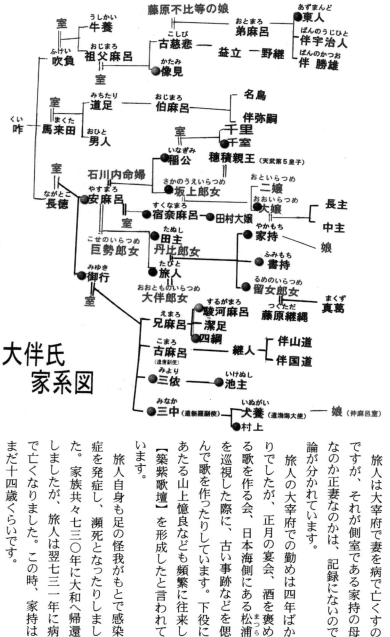

家持の年齢はハッキリしません。死亡年齢が六十八歳となっているので逆算して推定年齢を出していますが、数え年齢とも違うし、満年齢とも違うことをお許しください。

叔母の坂上郎女

父、旅人の腹違いの妹、坂上郎女は十三歳で穂積皇子の妃となりました。穂積皇子というのは天武天皇の第五皇子で、母は蘇我赤兄《あかえ》の娘です。蘇我赤兄というと、有間皇子《ありまのみこ》の謀反を中大兄と持統天皇にでっち上げて報告した男です。穂積皇子と死に別れてから、藤原麻呂という人の恋人となっています。この人は藤原鎌足の四番目の息子です。いわゆる藤原四兄弟の末っ子で、他の三人と共に天然痘で亡くなられたようです。異母兄の大伴宿奈麻呂《すくなまろ》の妻となり、坂上大嬢《さかのうえのおおいらつめ》と坂上二嬢《さかのうえのおといらつめ》を産んでいます。この大嬢というのが後に家持の正妻になった人です。少し血は薄くなりますが、いとこ同士ということになりますね。そして、この叔母の大伴坂上郎女は旅人が妻を亡くしてから大宰府に来て、また帰ってからは奈良の家で刀自《とじ》であったというから、主婦として采配をふるっていたのですね。歌も艶やかなものをたくさん詠んでいますから、家持はこの叔母さんから歌の手ほどきを受けたと思います。

奈良時代には平安時代に平仮名が完成する前の「万葉仮名」という書き方があります。基本的には一音につき一字を使うのですが、過去の万葉集の研究者がその読みをほぼ完成してくれているので、私なんかはその翻訳物を読むだけですが。その万葉仮名を学習することと、佳い歌を読むことに務めたのでしょう。佳い詩を書くのに必要なこととおなじです。

図書館などがない昔なので、読みたかったら借りてきて、筆写するしかありません。『万葉集』には『柿本人麻呂歌集』からの引用歌がたくさんあって、全体を引き締めています。柿本人麻呂は持統天皇の時代に大活躍した歌人です。少し世代が古くなるので、家持がまだ若くて自身では触れ得なかった政界の情報や先人の事跡などを叔母さんの坂上郎女が教えてやったのではないでしょうか。そして、山上憶良の『類聚歌林《るいじゅうかりん》』『柿本人麻呂歌集』などの当時でも有名な歌集や歌論集を借りてきてやったりしたのではないか。そうして、家持は武人の家柄ながら、歌を書いて残すということに熱中していったのではないかと思います。ついでに言うと、万葉集の中でも巻一、巻二は家持の歌が一篇も入っていないし、ほとんどが宮廷歌というか、宮廷の方たちばかりの歌集なので、これは彼がすでにあるものを筆写して勉強の糧にしたのではないかと考えます。

家持の最初の妻は子を一人残して亡くなったようです。その後、叔母さんの坂上郎女の娘、坂上大嬢《おおいらつめ》にプロポーズして結婚しています。もちろん、『万葉集』には、積み上げて発酵しそうなほどの熱い相聞歌が残されています。

私の仮説「万葉集は家持の個人歌集だった」の通りなら当たり前なのですが、家持は実に克明に、いろいろな女性から届いた歌をはじめ、自分から与えた相聞歌をたくさん残しています。歳上の女、笠郎女《かさいらつめ》からは実に二十七首もの恋の歌が巻四に収録されてあります。家持自身の歌は最後に二首置いてあるだけなのですが、その内の一つに、

中々に黙《もだ》もあらましを何すとか
相見始めけむ遂《と》げざらなくに

大伴家持（巻4・612）

（何もしなければ良かった、何のために逢い始めたのか添い遂げもできないのに）

と如何にも淡白であるのが可笑しいです。

宮廷出仕

当時は一つの氏《うじ》で上級の役職を貰えるのが一人だったということのせいか、歳が若いということもあるのか、家持が聖武天皇の統治する宮廷へ内舎人《うちとねり》として出仕したのは、七三八年とあるので二十歳の頃のことのようです。

内舎人とは

帯刀宿衛、供奉雑使、駕行時の護衛と天皇の身辺警護にあたるのが任務で、万葉集の記事では伊勢国への行幸、恭仁京《くにきょう》への遷都などに付き従っています。

前年の七三七年四月には大宰府から始まった天然痘の大流行で、九月の宮廷に出仕できる上の位の人は橘諸兄《もろえ》と他、わずかになってしまったと記録にあります。

家持、越中守《えっちゅうのかみ》として赴任

七四五年、家持は二十七歳で従五位下を授かり、七四六年に早速、越中守として赴任しています。越中というのは今の福井県で国府は高岡の伏木という所にあり、そこへ八月に赴任しています。ところが、その冬に病を得て床に伏したとあるのですね。風邪から肺炎にでもなったのでしょうか。

その頃、越中の国には彼より下位の官吏として、大伴池主《いけぬし》という男がいました。同じ大伴なので、縁戚関係があるかと思うのですが、『万葉集』に関係についての注記はありません。もちろん『続日本紀』にもそのような下っ端の記録はありません。その彼と歌の往復を何度もしています。都から遠い土地にいて、妻も大和に置いてきて、弟の書持《ふみもち》は別れて二ヶ月ばかりで亡くなってしまったし、心細かったことだろうと思います。二人の関係は大伴旅人と山上憶良の関係を思い起こさせますが、詞書などを読むと、もっと親密だったようです。

池主は最初家持の下役で越中掾《じょう》（三等官）だったのが、七四八年（家持越中行きの二年後）に越前掾となっています。

海行かば水漬く屍の歌

七四七年頃から聖武天皇、光明皇后の元で奈良の大仏が造られ始めていました。何しろ大事業です。『続日本紀』に、聖武天皇は全国の鉱山から銅をすべて持ってくるように厳命しています。大きな大仏を銅で鋳造して、金を貼りめぐらさないといけないのです。ところが時期をあわせたように七四九年には陸奥《みちのく》の国から黄金が出たという報せと黄金が貢進されました。いろいろお祝いの席が設けられました。家持は例の

海行かば　水漬《みづ》く屍《かばね》　山行かば　草生《む》す屍
大君の辺《へ》にこそ死なめ　顧みはせじと言立《ことだ》て

大伴家持　（巻18・4094）

で始まる長歌を用意していましたが、晴れの舞台で詠み上げるチャンスはありませんでした。なかったと思うのです。詞書には「天平勝宝元年五月十二日、越中の国の守の館で、大伴宿祢家持の作ったもの」とあるだけですので。

この歌は信時潔《のぶときき よし》がNHKの嘱託を受けて一九三七年に作曲して「出征兵士を送る歌」として頻繁にラジオに載せられました。出典が大伴家持の歌となっていたので、私も家持の歌であると、ずっと思っていました。ところが『続日本紀・第十七巻』を読んでみると「天平勝寶《しょうほう》元年四月一日」のところに聖武天皇が盧舎那仏《るしゃなぶつ》の前に皇子や臣下と共に並んで、石上朝臣乙麿《いそのかみのおとまろ》に唱えさせた宣命《せんみょう》が載っています。「また、大伴・佐伯の宿祢は常にも言っているように、天皇の朝廷を守りお仕え申し上げることに、己の身を顧みない人たちであって、彼らの祖先が言い伝えて

きたことのように〈**海行かば水漬く屍山行かば草むす屍、大君の辺にこそ死なめ、のどには死なじ**〉と言い伝えている人たちである、云々」とあります。

本文は左のようになっていて、カタカナはその読み方です。

又大伴佐伯宿祢波常・母《不明》云如久天皇朝守仕奉叓顧奈伎人等尓阿礼波汝多知乃祖止母乃云来久海行波美豆久屍山行波草牟須屍王乃弊尓去曾死米能杼尓波不死止云来流人等止奈母聞召須

マタオホトモサヘキノスクネハ　ツネニモイフコトク　スメラガミカドマモリツカエマツルコト　カヘリミナキヒトドモニアレバ　イマシタチノオヤトモノ　イイケラク　ウミユカバミズクカバネ　ヤマユカバクサムスカバネ　オホキミノヘニコソシナメ　ノドニハシナジ　トイイクルヒトラトナモ　キコシメス

この七四九年四月で家持も昇進して五位下から五位上となっているが、この祝いの席に列席したかどうかの記載はありません。そして、約四十日後に越中の国の館で、この言葉を使った長歌を書いたのでした。

言いたいのは、「家持の歌」とされてきたこの歌の出だしの部分は、近衛兵を務めて来た大伴氏の先祖伝来言い伝えられた「天皇への忠誠を誓う歌」で、当時の世の人もまた、よく知っていたということです。

越中万葉

私は二〇一六年四月に越中国府のある伏木へ行ってきました。これで二度目なのですが、方々に歌碑があり、万葉歴史館でも「なんでこれほど家持のことを持ち上げてるんや」というぐらい顕彰しているのです。実は先回訪問した時に高岡市万葉歴史館発行の『越中万葉をたどる』という本を買っていて、それの記事に添って歩いてきました。国府のあった所、家持の居館跡、彼がよく馬を走らせた雨晴海岸《あまはらしかいがん》。その当時は渋谿《しぶたに》と言ったようです。おまけに大伴神社なるものまで民間の力で作ってしまっている所なのです。この本によると家持の周囲も合わせて越中の国の赴任にかかわる歌は三三七首もあって、歌の状況や場所が確定できるものがほとんどらしい。

彼はこの地で住民たちと係わることで、地方の方言やそれぞれに歌があることに気づかされ、それが都へ帰ってからの防人歌収集の動機付けになったのではないかと思います。

家持の劣等感

庶民からみれば五位下は朝廷に意見をいえる立場であり、越中の守といえばその国で一番エライ人なのだが、家持には劣等感が常にくすぶっていたのではないかと思う。この項の「父は大伴旅人」のところに書いたが、家持は側室の子です。計算すると旅人が五十四歳の時の子ということになります。旅人が十歳位の子を連れて大宰府へ赴任したかどうかという論もありますが、私は連れて行ったと思います。大伴の氏を嗣ぐ子です。自身が老齢なので妻を伴ったのです。子に父の生き様を見せるためにこの長男だけは連れて行かなくてはと思ったはずです。

家持は筑紫で父と山上憶良の歌による交歓をしっかり見てきました。それだから、自分と大伴池主の交流をそれになぞらえて好ましく思ったことでしょう。そこで「幼き頃山柿《さんし》の門に学びませんので……」という文を池主に送ったのです。この山柿の「柿」は柿本人麻呂として、「山」は山部赤人か山上憶良かという議論がなされています。私には彼の状況を見れば、山上憶良としか考えられません。旅人の漢詩がその当時の一流誌『懐風藻』に載せられているし、柿本人麻呂は漢詩の素養があったればこそ、この一字一音のすばらしい万葉仮名を開発して更に『柿本人麻呂歌集』という歌集を遺している。山上憶良は遣唐使として唐に渡り書記官の大役を果たし、歌論書ともいえる『類聚歌林』を遺している。家持も越中にいる時に漢詩を試みてもいるが、気に入らなかったようです。

万葉の講座に出た時に、「この山の方は誰でしょうか?」と手を挙げて講師に訊いたことがありますが、言葉を濁してハッキリとは答えられませんでした。中庸を重んずる講師というのはそんなものでしょうか。定説がはっきりしていないので自分の意見が出せないのでしょう。

防人《さきもり》の歌

七五五年に家持は防人歌を収集していますが、世の中は聖武天皇から娘の孝謙天皇に替わり、家持も少納言から兵部少輔と武門の家の跡継ぎらしく昇進しています。

難波津で東北からの防人を集めて、船で九州へ送り出すのですが、その引率者に歌を集めさせています。連れてこられた下層階級の人たちの歌が名前と共に、八十四首も『万葉集・巻二十』に収められています。但し、落選もあったようで「まずい歌は載せない」というものが六十七首に及ぶのが面白いと思いました。歌の間に、家持の短歌・長歌が織り交ぜられており、この部分の編集が家持であるのは誰もが認めるところです。

巻四にも三十首余りの東歌、防人歌の掲載があります。多分、東北へ派遣された官吏が収集したのでしょう。

家持が防人歌を収集しているのを知ってからは、他からも紹介があったようで、ここに古い防人歌として九首ほど掲載してあります。

七五六年三月三日、防人の事務を検察する勅使と兵部の使人らが集まって宴を開いて作った歌三首として、安部沙弥麻呂《あべのさみまろ》一首と家持の歌二首を収録しています。我々がやっている〈打ち上げ〉のようなものでしょうか。

この時、都は奈良の平城宮なので、遠く離れた難波の港での兵役検査官の業務ご苦労様会ですね。

含《ふふ》めりし　花のはじめに来しわれや
散りなむ後に都へ行かむ

大伴家持（巻20・4435）

防人というのは三年の労役であり、主に東北・北関東から若い男が集められています。労役という義務なので、給金とかは無く、除隊になっても自宅まで帰りつけない人も多くいたようです。七五七年には九州からの労役徴収となり、やがて職業軍人化していったようです。

万葉集の最後のあたり四四六五～四四六七

七五六年六月十七日「一族の者に教え諭した歌」淡海真人三船の讒言《ざんげん》によって出雲守大伴古慈斐《こしび》が任を解かれたので家持が作ったということです。

藤原不比等の死後、都に天然痘が流行り、藤原四兄弟が急に死亡して、その後がまだ幼かったので、橘諸兄《たちばなのもろえ》に権力が移った。そうして、時移り橘諸兄が死んで、不比等の孫の藤原仲麻呂が中枢の権力を握りました。家持は橘諸兄に引き立ててもらっていたのですが、情勢が大きく変わったのです。

最近折口信夫の小説『死者の書』を読んだのですが、ここでは藤原仲麻呂と家持が「ヤッコはヤッコ同士、氏は氏同士が話があって良い」と会話をしています。仲麻呂の二男に家持の娘を嫁がせたらしいという説もあり、仲は悪くなかった……。橘奈良麻呂の乱に家持はかかわらなかったか、処罰を除外してもらっている。しかし、七五八年に家持は因幡国守に任命されている。少納言から兵部少輔まで勤めた人が地方長官に任命されたのだからこれは左遷でしょう。

七五七年に起こった「橘奈良麻呂の乱」これは女帝である孝謙天皇を補佐している藤原仲麻呂の専横にたいする意義申し立てだったのです。この時にムチで打たれて死んだ人や、流刑になった人の中に、越前で親しく歌を取り交わし、都へ帰ってからも家を行き来してきた大伴池主や他の大伴氏の人々、母の実家の丹比氏の人々が連座して刑を受けています。そのとき、家持は三十九歳の働きざかりでした。武官と文官の両刀使いになることがかなわなかった彼は、これから武官一本で行こうと決めたのでしょうか。それとも、歌の創作はこれぐらいにして、と新しい境地を求めたのでしょうか。

定年退職して、再び詩の世界へ返り咲く人が、今は多いですが、この後、家持は返り咲くどころではなく、いろいろな権力闘争に巻き込まれました。

七五九年正月一日、因幡の国の役所で、国郡の役人たちに賜饗した宴会の歌の一首として世に知られている歌があります。

新《あら》たしき年の初めの初春の
けふ降る雪のいや重《し》け吉事《よごと》

大伴家持（巻20・4516）

初雪を愛で、新しい年の豊年を願う歌なのですが、彼の心境はどうだったでしょうね。

万葉集以後の家持

万葉集と大伴宿祢家持とのかかわりはこれまでですが、家持自身はこれ以後も武人として生きました。未遂に終わった【藤原仲麻呂暗殺計画】に関与して降格され、七六四年に薩摩守に左遷されたりしました。実力は認められていたようで、その後、光仁天皇のもとに着実に昇進しています。

桓武天皇の時には中納言になっています。七八五年に兼任していた陸奥按察使持節征東将軍の職務のために滞在していた陸奥国で亡くなりました。六十八歳でした。となっていますが、六十四歳という説もあります。ただ、兼任であったので陸奥国の多賀城で亡くなったのか、都に居て亡くなったのかは定説がないそうです。

その二十日後に仮説2としてあげました「藤原種継暗殺事件」が起こり、彼は首謀者として弾劾されたのです。

その無実が認められて元の官位に戻されたのは八〇六年になってからだといいます。死後二十年経っている。ということは、四十一歳を最後とする歌の時代に交流のあった人たちは、万葉集終結後、半世紀をみたことになります。従って歌の友人たちはほぼ死に絶えているでしょう。その息子たちはどうでしょう。万葉集の原稿はやはり行李か長持の中にひっそりと納められていて、これが家持の持ち物であったかさえ分からないくらい後の人が見出したとするのが、妥当なのではないかと思います。

他の家持の歌

百人一首の大伴家持の歌に

かささぎの　渡せる橋に　おく霜の
白きを見れば　夜ぞ更けにける

中納言家持（6番）　『新古今集』冬

というのがあります。この歌は万葉集には載っていないので、『新古今集』の選者がどこから探してきたのか興味が惹かれるところです。また、かささぎは韓国に住んでいる、「朝に姿を見ると、その日好いことがおこる」と言われる瑞祥《ずいしょう》の鳥です。大和にはいない鳥なので、幼い頃に大宰府で見たかささぎを想いながら詠んだか、または七六七年に大宰少弐として赴任しているので、その時に詠んだのかと思います。

結語

さて、私の拙い話を聴いていただきありがとうございました。仮説1の「万葉集は大伴家持の私歌集だった」と、仮説2の「彼の没後、家財と一緒に歌群も没収され、二〇年以上もの間放置されていた」ということなのですが、合点していただけたでしょうか？　巻末に当日映写したグラフを掲載しています。

兵庫県現代詩協会での話（一部改変）
詩脈の会での話と一部重複します

十七　藤原種継暗殺事件について

知略の藤原氏、対する淳朴の大伴氏という見方は先を見てしまった現代人の目という、あまりに先入観に満ちているだろうか。

乙巳の変（大化の改新）のとき、中大兄皇子の耳元で蘇我氏の悪事を囁いてからというもの、天皇家では藤原氏の謀略に加担して命脈をつないできたようにみえる。

持統天皇には藤原不比等がいた。その後は武智麻呂、房前、宇合《うまかい》、麻呂の四兄弟がいた。その四兄弟が天然痘で全滅して、一時その場を元皇族である橘諸兄が担ったが、その死後、息子を「橘奈良麻呂の乱」で武智麻呂の息子、仲麻呂が追い落としてから仲麻呂の天下となった。

その間、藤原広嗣の乱を宇合の息子が起こしたが藤原のほんの小枝を払ったに過ぎず、仲麻呂の乱を武智麻呂の息子が起こしたが、四方八方に枝を伸ばした藤原氏の大木は揺らぐことはなかったようだ。

一方、大伴氏の家系は多産でなく（というより側室が多くなかった）枝が徐々に細っていたのに、幾つかの乱で更に痩せ細り、この種継暗殺事件の後、『続日本紀』に名前が出ているのは弟麻呂、潔足、蓑麻呂の三人くらいしかいないという、よろよろの樹木になってしまった。その種継暗殺事件を語ろう。

桓武天皇の時代だった。奈良の都では仏教徒が繁茂し、思うように政治が行えないと感じておられた天皇は、他へ遷都することを考えられた。候補に挙がったのが長岡の地だった。大きな川が三本流れて水運にまことに便利な土地だった。難波宮を壊して資材を船で長岡に運んだ。信任する藤原種継（四兄弟、藤原宇合の孫）に造営を任せて、ほぼ仕上がったと思われる頃、種継が殺されたのだ。『続日本紀』は現代語訳でこうなっている。

七八五（延暦四）年九月二十三日　中納言・正三位で式部卿の藤原種継が賊に射られて薨じた。

九月二十四日　天皇は平城宮より帰った。大伴継人・大伴竹良《つくら》とその徒党の数十人を捕らえて取り調べたところ、そろって罪を認めたので、法によって判決し、斬首あるいは配流とした。

種継は天皇の信任が厚く内外の事をみな決定した。初め種継が中心となって建議をし都を長岡に移すことにした。宮室は造り始められたが、諸官司はまだ出来上がらず、職人や人夫は日夜ぶっ通しして工事していた。天皇が平城宮へ行幸することになって、皇太子の早良親王と右大臣の藤原是公、中納言の種継らはそれぞれ長岡京の留守官となった。種継は夜も炬を照らして工事を促し検分していたところ、灯火の下で傷を受けて、その翌日、自邸で薨じた。時に四十九歳であった。天皇はその死を大変悼み惜しんで詔して正一位・左大臣を送った。

この時、大伴家持は六十八歳まで陸奥鎮守将軍として働いた末、多賀城で死んでおり、『続日本紀』にはこのように記されている。

死後二十余日、家持の屍体がまだ埋葬されないうちに、大伴継人・大伴竹良らが藤原種継を殺害。事が発覚して投獄されるという事件が起こった。これを取り調べると事は家持に及んでいた。そこで追って除名処分とし、息子の永主らはいずれも流罪に処せられた。

桓武天皇は自分が即位して日を置かず弟、早良親王を皇太子としている。この暗殺事件のバックに早良親王がいるとして島流しの刑を与えたが、親王は絶食の上悲憤の死を遂げたという。平安時代の怨霊の跋扈の始まりだ。

桓武天皇が、寵愛していた種継を殺したいと思う筈がないけれど、その事件を自分の都合の良いように画策した者が傍にいたのだろう。或いは、早良親王に皇統を移せば権力が回って来ないと思った人々がいたのか。まだ若い継人や竹良の暴走が、大伴氏の消滅を招いたの間違いない。先述したように、正史には三名の名前しかしばらくは記されていない。

四月、私は一人で長岡京跡を訪れた。阪急長岡天神駅の次、西向日駅の西口へ降りて少し歩くと「史跡朝堂院公園」がある。案内の女性が一人と、資料やトイレがある。そこはすでに朝堂院（政治をする場所）の入り口なのだが、本来の建物があるところには人家が建て込んでいて、広々としたありさまを想像することができない。

今は北真経寺の所に建っている内裏（天皇の生活する場所）跡の碑を見て、少し離れたところの朝堂院公園を歩く。公園は大極殿、小安殿、宝幢と三分割されていて、幼稚園の子供たちがお昼を食べているところだった。私も持ってきたお握りをベンチで食べた。あまねく降り注ぐ陽光が暖かかった。

十八　征服の歴史

大伴氏は神武東征の昔、天皇につき従って大和へ進軍した道臣命《みちのおみのみこと》の子孫ということになっている。家持の祖父、安麻呂は壬申の乱の時には大海人皇子の側で働き、亡くなる時は大納言兼大将軍正三位であった。

父の旅人は、征隼人《せいはやと》持節大将軍に任命され大隅の隼人の反乱の鎮圧にあたった。その後、大宰府帥を二年間勤めて大和へ帰り翌年には亡くなっている。最終官位は大納言従二位であった。

家持は長く各地方長官などを勤めるに過ぎなかったが、光仁天皇の時代から昇進もするようになり、参議に任ぜられて公卿ともなった。桓武天皇の時代からは、更に中納言に昇進する。また、皇太子・早良親王の春宮大夫《とうぐうだいぶ》（教育係）も兼ねている。さらに持節征東将軍に任ぜられて、蝦夷《えみし》征討の責任者となり、今の仙台、多賀城で亡くなった。死没地には平城京説と多賀城説とがあるらしいが、

私は、亡くなる四ヶ月前に「陸奥国に仮設置していた多賀・階上《はしかみ》の両郡について、正規の郡に昇格させて官員を常駐させたい」という具体的な建議をしているので、多賀城で亡くなったと思う。その後、埋葬もされないまま「種継暗殺事件」が起きたので、罪人になった家持がどこに埋葬されたかの記録がない。

このように大伴氏は天皇の傍で働いてきた。旅人等の働きで隼人賊を鎮圧し、北へ向けては蝦夷攻略の戦いがあった。古くヤマトタケルが行ったとされる熊襲征討・東国征討の延長線である。

ヤマトタケルは『古事記』では相模から上総あたりまで行っているし、『日本書紀』では上総からさらに海路で北上し、北上川流域（宮城県）に到達している。『日本書紀』の完成をみたのが七二〇年、出羽柵（城）を設置したのが七〇八年なので、この話が創作であったとして、正史に挿入することは可能だったと思う。

七二四年、当時最北の地だった仙台に多賀城を作り、七三三年に秋田城を設置している。私は最近になって認識したのだが、陸奥とは青森のことではなくて、その頃は、ここより北の太平洋側を陸奥国と言い、日本海側を出羽国といっていたようだ。時代が進み大和朝廷の支配域が広がるにしたがって陸奥国が縮小したというわけだ。

蝦夷討伐には鎮東将軍・持節征夷将軍・持節征東大使・持節征東将軍・征東大将軍とか、名称は色々あったが、最終的には前章「藤原種継暗殺事件」で生き残った大伴弟麻呂が征夷大将軍の初代となった。その時に副将軍だった坂上田村麻呂が、以後ずっとその任についた。

平安時代の初め、桓武天皇による東征で蝦夷は段々北へ追いつめられていたのだが、七九六年に再度派遣された坂上田村麻呂は、降服してきた蝦夷五百余名を確保し、首領のアテルイたちを都（その頃は京都）へ連れ帰った。これにより胆沢城《いさわ》（岩手県奥州市）あたりまで朝廷のものになったというわけだ。

連れ帰ったアテルイ達を助命嘆願した田村麻呂だが、「そんな阿呆な、獰猛な獣のような蝦夷を無傷で返してはあきまへん。いつまた反旗を翻して、朝廷に刃向かうかわかったもんやありまへん。直ちに首を切ってしまいなはれ」と言ったかどうか。朝廷の貴族たちの反対に遭い、アテルイたちは処刑された。正史である『日本後紀』がその後の長くにわたった応仁の乱で焼けたりしたため、とびとびしか残っていないとかで、この話は伝説化した。

『日本紀略』には八〇二年八月十三日に河内国にて処刑されたことになっている。首塚と称される場所が畿内に幾つかあり、田村麻呂が建てたという京都清水寺と、枚方の牧野公園には平成になってからアテルイの顕彰碑ができている。

今のように、DNAとかで人種的な判別ができていた時代ではないので、この人たちをどう見たら良いのかに悩む。蝦夷というのは現在のアイヌの人たちの先祖と思って間違いがないだろうが、彼らが日本に古くから残る縄文人の生き残りであるという考えはハッキリ打ち出されていない。しかし、弥生の人たちが稲と稲耕作の文化を持って天下る前に、すでに縄文文化を持った人たちがこの列島には暮らしていたのである。その人たちは狩猟だけではなく耕作の文化も持っていたと最近の発掘成果は伝えている。

地形などの名付けにはアイヌ語から来ているものが多いとか。すでに住んでいる人たちの中に入っていくのだから先住民の地名を尊重しなければ融合していけなかったのだ。そして、日本人にとって何より大切な「神」がアイヌ語で「カムイ」と、似た音で発せられるということに意味深なものを感じる。

十九　万葉集収録歌各巻について

1．巻一・二について

先の「万葉集は家持の私歌集だったのではないか」という仮説に関連して万葉集のなかみに触れてみます。といっても歌の鑑賞ではなく、詞書の鑑賞みたいなものですが。

まず、「万葉集は家持の個人歌集だった」という私の色眼鏡を掛けて読んでいただきたい。家持が叔母・坂上郎女に借りて書写して、歌の教本としたのではないかと見ている巻一と巻二から。

現代の詩集の編集でも、これはという詩を扉に持ってくるのが普通のやりかただが、巻一の場合は、いの一番に大和で国を最初に作られた大王「雄略天皇」の「**籠《こ》もよ　み籠もち　掘串《ふくし》もよ　み掘串もち**」で始まる「吾こそは王なり！　宣言」の歌が掲げてある。

巻二は【相聞《そうもん》】と【挽歌《ばんか》】集で、仁徳天皇のとても嫉妬深かったという奥方「磐媛《いわひめ》」の恋の歌四首から始まる。

書かれた推定の年は巻一が（雄略天皇の歌は別格で四七九年）六四一年から七一二年、巻二は（磐媛の歌の三四七年が別格で）大体六五〇年から七一五年と年代は重なっている。

事件的にその時代を解説してみよう。この頃の歌は、その時代背景と密接に関係していて、時代を理解することで歌がすんなり入ってくるという経験をしているので。まあ、私なんかより、よく御存知の方も多いと思うけど。

中大兄皇子と中臣鎌足（後の藤原鎌足）が中心になって蘇我氏を倒した乙巳《いっし》の変（翌日からの改革を大化の改新というのだそうです）が六四五年。母から王権を母の弟「孝徳天皇」に移し、孝徳天皇は難波宮《なにわのみや》で改革を試みている。しかし後半、中大兄皇子と意見が合わなくなったのか、九年ばかりで中大兄皇子や姉の皇極天皇、はては妻の間人《はしひと》皇女や重臣たちも飛鳥の元の都へ帰ってしまって、寂しい晩年だった。

六五五年、政権を母の斉明天皇に戻した（その前の時は皇極天皇と言っていた。二度皇位につくことを重祚《ちょうそ》すると言う）。その頃の重臣として中臣鎌足と共に大伴長徳《ながとこ》が挙げられている。大伴家持の曾祖父《ひいおじいさま》だ。

斉明天皇は難波ではなく、飛鳥の板葺宮《いたぶきのみや》で政治を執ったが息子の中大兄皇子の傀儡《かいらい》だったようだ。

六五八年には故・孝徳天皇の息子、有間皇子《ありまのみこ》の謀反騒ぎがあった。斉明天皇の土木工事を「無駄遣い」と留守中に批判したことが、謀反の気配ありとされ、天皇や中大兄皇子の居る牟妻湯《むろのゆ》（白浜湯）に引かれていった。途中

磐代の　浜松が枝を　引き結び
ま幸くあらば　また還り見む

有間皇子（巻2・141）

と詠んだ。その歌は十八歳で命を落としてしまった有間皇子の生涯と共に共感を呼び、何人もの人が関連の歌を詠んだことが『万葉集』に載っている。

六六〇年、新羅・唐の連合軍と争っていた百済は滅亡する。斉明天皇は援助するべく船で出発するが、福岡の朝倉宮で急逝した。六十七歳だった。

六六三年に中大兄皇子は再び出直して、白村江に出兵したが大敗して逃げ帰り、韓半島や中国から敵が襲来することを恐れて、九州から瀬戸内沿岸に山城をたくさん築いた。その後、彼は何を考えたのか、六年間も天皇を名乗らないで皇太子のまま政権を執っている。

六六七年に天皇を名乗って、近江に都を造った。在位は六年間しかなく、病気になった天智天皇は弟の大海人皇子に皇位を譲ろうとしたけれど、大海人皇子は「出家する」と言って吉野山に向かった。天智天皇は血で血を洗うことを何度もしてきたのに、弟の大海人皇子にそれを感じなかったのか、吉野宮行きを赦してしまった。

六七一年に天智天皇が亡くなって、息子の大友皇子が次を担うが、この時皇子は二十四歳だった。大海人皇子は吉野で半年過ごし、壬申の乱に臨んで一月間で勝利した。

天武天皇の都は飛鳥に戻り、近江朝の跡は、昭和四十九年に宮の跡が発掘されるまで忘れ去られることになった。大伴氏では曾祖父の長徳が死んでおり、その兄弟が天武方で働いている。

六八六年に天武天皇は亡くなり、せっかく皇位を継がせようとした草壁皇子が二十七歳で亡くなってしまい、幼い孫が成長してそれに皇位を譲るまでと、持統天皇が即位する。そして、七〇二年に持統天皇が亡くなる。

この後、『古事記』が七一二年に仕上がり、『日本書紀』はまだ制作の途上で、各地に『風土記』の作成命令が出される直前というぐあいだった。

この頃は各氏では、氏上《うじのかみ》の者しか政治に加わることができなかった。大伴家持の祖父・安麻呂《やすまろ》が中枢で政治に参加するようになったのは、祖父の兄の御行《みゆき》が七〇一年に亡くなってからであった。祖父の安麻呂が七一四年に亡くなって、父の大伴旅人の時代になるのだが、亡くなった時点での旅人は左将軍を勤めていた。

巻一・巻二に歌が載っているのは、皇族関係者がほとんどで、柿本人麻呂が皇族の死に際して挽歌をたくさん残している。ただ、柿本人麻呂の出生についてはまったくわからないし、常に天皇の身近にいたはずなのに、位階を授けたり役を任じたりの記録がない。その死についてさえ持統天皇の死後五年位後『続日本紀』の元明天皇和銅元年四月二十日のところに「柿本佐留卒す」とだけ書かれている。

サルが本名で人がペンネームだったのだろうか？　そうなら、六八一年に柿本猨の「小錦下」への叙位が載っている（日本書紀・下）。彼の死後、彼の子どもがいたやら、その子が出世したやら、悪に染まったやら何もわからないのだ。万葉集に（この巻一・巻二には生きて詠っているが）秀歌をあれほど残しているのに。時折出てくる彼の『柿本人麻呂歌集』も現物は残っていない。

万葉集で特徴的なのは、歌の前後に配置している「詞書」に、その後の研究者の文章が書き込まれていることだ。一番古い研究者は山上憶良らしい。彼は『類聚歌林《るいじゅうかりん》』という解説書を書いているようで（ようでというのはその本が現存していないから）、ところどころに詞書として生きている。その憶良は人麻呂との接点を持っていたはずなのに、解説書の引用に人麻呂のことが出て来ないのも不思議だ。

他には「古事記では」とか「日本書紀ではこうなっている」とか、果てには「或る本では」とあるので、非常にたくさんの人が興味をもってこの巻一・二の歌群を読んでいたことがわかる。笠金村は歌集として参加している。彼はもう既に死んでしまっていたのか。私たちが詩集を作る時も、一番新しい作品のそれ以前の詩を集めているのは分かり切ったことである。なので、万葉集の巻一・二は七一五年あたりまでの歌を集めて作られたと推察できる。もちろん、冊子の形ではなく、巻物（巻子本）としてだと思うが。解説としての詞書は、その後に追加していったものと思われるが、次々筆写しているので、いつの追加であるか挿入があるのかは、分からない。

歌集として名前の挙がっているのは次のものがある。『柿本人麻呂歌集』『笠金村歌集』『高橋虫麻呂歌集』『田辺福麻呂《さきまろ》歌集』

2. 巻三について

巻三は巻頭に雑歌が置かれてある。持統天皇が雷岡《いかづちのおか》にお遊びなされた時、お供の柿本人麻呂が作った歌として有名な、

大君は神にし座《ま》せば
天雲の雷《いかづち》の上に廬《いほり》せるかも
柿本人麻呂（巻3・235）

である。これは持統天皇に贈ったのか、天武天皇に贈ったのか、「大君は」とあるだけなのでどちらか分からない。雷岡に遊ぶのを天の雲の上にと表現して、天皇の力を讃えている。

また、巻十九、四二六〇番に似たような歌がある。大伴御行（家持の祖父の兄・伯父）の作で「**大君は神にしませば赤駒のはらばう田居を都となしつ**」という。これは奈良朝の大規模な都造りへの讃歌だと思う。大伴御行の壬申の乱での記録はないが、その後「功績により一〇〇戸の封戸を与えられた」とある。どちらが先と記してはないが、その壬申の乱の後に作られた大伴御行の歌を歌い継いで二十年経った七五二年二月二日に「聞いてここに載せる」という主語不明の（家持と思うけど）詞書がある。

巻三の、雑歌一五五首、譬喩歌二十五首、挽歌六十九首合計二四九首の内、個人名でいくと、大伴旅人は三十二首、家持は柿本人麻呂や山部赤人と同数の二十二首を掲載している。家持（二十一歳）の内訳は、亡くなった妾《おみなめ》への挽歌として七三九年の作歌年を入れて歌を十九首、後の妻になった坂上大嬢《おおいらつめ》への譬喩歌が三首。七四四年（二十六歳）二月と作歌年を入れた安積《あさか》皇子に仕えていた内舎人として挽歌を六首作っている。

柿本朝臣人麻呂の旅の歌六首として瀬戸内の〈野島〉〈敏馬《みぬめ》〉〈淡路〉〈藤江〉〈加古〉〈明石〉〈飼飯《けひ》〉という地名を折り込んだ歌が掲載されている。また、人麻呂が筑紫の国に下った時、海路で作った歌二首（三〇三・三〇四）があるが、これも何年の作歌か、何の用事で大宰府へ行ったのか記録がないので分からない。柿本人麻呂作の歌が巻

三で二十二首、巻四で七首ある。以後もその名前は頻出するが「柿本人麻呂歌集より」という詞書になっている。

この歌集だが、現代の歌集だったら本人の名が冠してあれば当然すべてが本人のものと思うのだが、今までの研究者によれば「すべてが人麻呂の歌とは限らない」ということのようだ。奇妙な話だ。

人麻呂が近江から都へ上ってきた時に宇治川のほとりで作った歌、

もののふの八十氏川《やそうじ》の網代木《あじろぎ》に
いさよふ波のゆくへ知れずも

柿本人麻呂（巻3・264）

というのがあって、これが近江朝を引き揚げ大和に帰る時の歌なら巻三は六七三年からと歌の期間を確定できるのだが。

巻の最終は天平十六（七四四）年に家持の挽歌と高橋朝臣の挽歌で閉じている。なので七四四年までとみなしてよい。

他に学校で習った歌人としては、高市黒人《たけちのくろひと》十二首、笠金村が四首、笠金村歌集から四首合計八首掲載されている。作歌の年は挽歌以外は分かりにくい。

3．巻四について

巻四は巻頭に仁徳天皇の歌を置いた、すべて相聞歌である（三〇九首）。次に置かれた歌は舒明天皇か斉明天皇か作者不明とあって、六五〇年前後である。

君待つと
わが恋ひをればわが宿のすだれ動かし秋の風吹く

額田大王（巻4・488）

これは額田大王が、天智天皇の訪ないがあるかと待っている歌なので、天皇が六七一年に亡くなるまでの六六八年から二、三年の間に作られたと思われる。これが現実の巻頭詩で別格扱いなら、もっと近い作歌年代を想定しても良いのではないか。終わりの年代のハッキリしている歌は安貴王の七四五年に因幡の八上采女への恋が露呈して、采女が不敬罪で本国に送り返されたという詞書のある五三四、五三五番だろうか。恋はいつでも芽生えるものだから、編者も日付を記載するのを失念するのだろう。家持は聖武天皇の元で舎人として働いていた時代だった。

相聞歌は大抵が対になっているが、大伴家持作歌が六十四首（二十一％）。そして家持が貰った歌は六十首。内訳は笠郎女二十四、金明軍二、坂上大嬢《おおいらつめ》（妻となった人）十、山口女王五、大神郎女一、中臣郎女五、河内百枝娘子二、巫部麻蘇娘子《かむなぎへのまそのをとめ》二、童女一、粟田女娘子二、紀郎女四、藤原久須麿（藤原仲麻呂の子、家持の娘と結婚したようだが、仲麻呂の乱で全滅）二首となっている。これは巻末資料のグラフ上は、家持関連のところに集計されている。

他で多いのは、家持の歌の師匠であり叔母であり、妻の母である、坂上郎女が四十首。彼女は初め穂積皇子に嫁して寵愛を受けた。皇子が亡くなってから藤原麻呂（藤原四兄弟の末子）が妻として通った（528の詞書）。その後、母の違う兄、大伴宿奈麿《すくなまろ》に嫁して娘二人を産んだ。上の娘が大伴家持の妻になった。彼女が貰った歌は意外に少なく、藤原麻呂三、大伴駿河麻呂《するがまろ》五、大伴三依《みより》一、安倍虫麻呂二、合計十一首。これは彼女が恥じらって甥の家持にすべてを見せなかったとしたら納得できる。

他に学校で習った歌人としては、柿本人麻呂の歌七首（妻から人麻呂へ一首）笠金村六首が載っている。

家持は聖武天皇の舎人としてあちこちの行幸に同行しているので、諸王の歌も聴いたり書いたものを頂戴するチャンスは十分にあったと思う。湯原王、高田女王、安倍女郎、安喜王《あきのおおきみ》、聖武天皇、広河女王、池辺王、海上女王、春日王、門部王、八代女王などのそれらしき王族の歌を家持採取によるとしたいところだが、押さえるべき証拠がないので遠慮しておく。

大伴家持と家持関連の歌が七十％という数字もさることながら、笠郎女の二十四首もの熱烈な恋の歌と、自身のいなすような歌を二首というのは如何なものか。また自分の妻になった人への恋歌を堂々二十六首も掲載するというのは、やはり個人歌集でなければヒンシュクものだ。

4．巻五について

巻五はとても分かりやすい。歌が作られた動機や周囲の状況が克明に書かれているからだ。作歌年は七二八年から七三三年の五年間で、大伴旅人が大宰府帥《そち》として赴任したのがこの時なのだ。ただ、『続日本紀』にはっきりとした赴任の記事が載っていない。神亀年間（七二四年〜七二九年）という大雑把な括りでしかないが、日付のある歌は七二八年正月からである。

旅人は赴任に妻を伴って行き、大宰府で亡くしている。妻、大伴郎女《おおとものいらつめ》には子がなかったため、正妻ではない丹比郎女《たじひのいらつめ》の子、家持を跡継ぎとしていて、この時も伴っていた。家持は十代くらいだったようだ。

後世の人に〈遠のみかど〉と言われていたように、そこの責任者でもある旅人は、再々大宰府で歌の会を催している。息子の家持もその将来を見通して墨を磨るなど言いつかって同席したかもしれない。丁度その時、山上憶良は筑前守として赴任している。妻を亡くした旅人の元に妹の坂上郎女を呼び寄せて、都へ帰るまでこまごまと世話をさせている。そして妻を亡くした旅人に寄り添った憶良の歌もたくさん掲載している。

妹が見し　楝《あふち》の花は散りぬべし
わが泣く涙いまだ干なくに

山上憶良　（巻5・798）

などはしみじみと佳い味を出している。

七三〇年に旅人は都へ帰り、続いて憶良も帰り、七三三年に憶良の古日《ふるひ》という名の子供を弔う歌で巻五は閉じられている。家持はまだ若くて墨を磨るのみに使われたのか、歌の道に入ってなかったのか一首もない（巻三には収録されているのに。ここには家持の歌がない。父の周りの歌をまとめたのだろうか）。作者不明の八首を除く一一四首すべて旅人関連の作者で埋められている。中でも旅人十六首、山上憶良四十四首というのが目をひく。

5. 巻六について

巻六はだいたい歌の詠まれた年と作者名が入っていて、七三三年五月、聖武天皇に譲位する直前の元正天皇が吉野へ御幸した時の歌から始まっている。笠金村、車持千年《くるまもちちとせ》が随行して万葉集に歌を残している。

天武天皇が壬申の乱の時に軍を起こしたのが吉野なので、何かというと吉野へ御幸ということがなされたようだ。聖武天皇も二十代半ばで即位したら、翌年に笠金村や山部赤人を伴って、吉野へ御幸している。

七二〇年、大伴旅人は三月から八月頃まで征隼人持節大将軍として九州へ出張して、征討しきれない内に藤原不比等の死で都へ呼び戻されている。大宰府へ赴任する七二五年まで（続日本紀に記載がないので諸説あり）聖武天皇の傍に居たわけだから、歌の数々も入手できたのだろうか。家持はまだまだ十才に満たない児である。

九五五番からは大伴旅人が大宰府に居た時の人々の歌が続き、七三〇年に大宰府から陸路で都へ帰るときの歌が載せてある。「大納言旅人卿が奈良の家にいて故郷をしのぶ歌二首」というのが旅人の最後の歌だったようだ。

指墨《さしずみ》の栗栖《くるす》の小野の萩の花
散らむ時にし行きて手向《たむけ》む

大伴旅人（巻6・970）

何度も読み直して奇異な感じがした。帰京して一年くらいで亡くなっているので、奈良の家に居たのは人生最後の頃である。その最後に故郷を偲ぶとはどういうことだろう。大伴氏の故郷は三輪山の西の麓ではなかったのか。現代の地図で和歌山に栗栖という地名が見えるが、大伴氏の家名の元が和歌山の栗栖とは思えないのだが。いやいや、大伴氏は代々天皇に直近で仕える家柄なのだから、もしかしたら神武東征で、大阪から入れず、和歌山から入った時に、道案内を買って出た人の末裔なのだろうか（これは独り言）。

巻末資料のところに分かる限りの聖武天皇行幸を記入しておいたが、その数は尋常ではない。そして、何処かへ行った時には歌が記録されている。

「天平十二（七四〇）年十月聖武天皇が伊勢の国にお出ましの時、河口の行宮《かりみや》で、内舎人の大伴宿祢家持が作った歌」というのが、家持にとって初めての公に披露した歌だろうか（巻三の、亡くなった妾《おみなめ》への挽歌という個人的な歌ではなく）。

河口の野べに廬《いお》りて夜の経《ふ》れば
妹が袂し思ほゆるかも

大伴家持（巻6・1029）

家持二十代半ばである。またこの巻の後ろの方に『田辺福麻呂《さきまろ》歌集』より長短合わせて二十一首が掲載されている。この田辺福麻呂はこの後、家持が越中赴任の時に訪れて歌を交わしている。

6．巻七について

巻七はほとんどが作者名が記されてない。長歌がない。

引用された歌集は『柿本人麻呂歌集』五十七首と『古歌集』七十四首だが、『古歌集』というのが一冊の歌集なのか、たくさん歌集があったのか、残されていないので今となっては究明できない。万葉集の編者は（私は若き日の大伴家持と信じているのだが）面白い試みをしている。

万葉集は巻一は「雑歌」のみ、巻二は「相聞」「挽歌」と掲載している。人生は恋して生きて死ぬのだと、いかにも言われているような気がする構成だ。

巻七で家持はそれに習って、**【雑歌】**という大項目の元に「空の歌」「月の歌」という風に、「雨」「岡」「川」「露」「花」「菊」「苔」「草」「鳥」「故郷を思う」「舟」「倭琴」というテーマ別に並べて、それまで詳細にしていた歌の成立事情や日時は記してない。その次には「吉野での作」「山城での作」「摂津での作」「旅での作」と続き、「問と答」「所につけて」というような小題をつけている。

一二七二番からは**【旋頭歌】**となっている。

橋立の倉橋川の石走《いわばしり》はも
男《お》ざかりにわが渡りてし石走はも
（巻7・1283）

「橋立の倉橋川の飛び石よ　若さに任せて飛んだ飛び石よ」とか？　旋頭歌は五七七・五七七と音韻が民謡のようになっていて、元は曲をつけて歌を即席にやりとりしたものらしいが、楽譜は残ってないし、音源ももちろんない。

また一二九六番から**【譬喩《ひゆ》歌】**という大項目の元に「衣によせて」「玉に寄せて」「木に寄せて」「花に寄せて」などの、物に寄せて歌を詠むが、真意は他にあるという歌を集めている。譬喩が日常にある現代詩の人たちには無駄な説法と思うが。

白玉を手には巻かなくに
箱のみに置けりし人ぞ玉嘆かする
（巻7・1325）

「玉は巻いてこそ、女は添ってこそ、値打ちがあるのよ……」といったところだろうか。

【挽歌】も一四〇四番から最後まで掲載し形を整えてある。

私は家持がここで知ってる限りの歌集から分類し引用をし、また自ら作ったりして「歌辞典」を作りたかったのではないかと思う。当時、貴族の間では漢詩が編まれていたし、父の下僚の山上憶良は漢詩を残すと共に『類聚歌林』という歌の解説書を作ったりしていたのだ。自分も何かしたいと思っても不思議はない。

7. 巻八について

巻八は整然と編集してある。「春の雑歌」「春の相聞」「夏の雑歌」「夏の相聞」「秋の雑歌」「秋の相聞」「冬の雑歌」「冬の相聞」の八項目に分類されていて、作者名の記されているものがほとんどである。中でも家持とその関連の人々の歌が六割を占めている。年代的には七三〇年の家持が父旅人と共に大宰府から大和へ帰ってから、七四〇年の恭仁《くに》京遷都の頃までの比較的短期間である。

巻頭は志貴皇子《しきのみこ》のよろこびの御歌として、

岩そそく垂水《たるみ》の上のさわらびの
萌え出づる春に　なりにけるかも

志貴皇子（巻8・1418）

という歌が飾ってある。言葉のままの美しい歌であるが、私はこれを雪の重圧（持統天皇が七〇三年に亡くなられて、志貴皇子はその葬儀委員長を仰せつかっている）がなくなり、ようやく吾が春が来たという解釈の上の詩を書いたことがある。

秋の相聞の巻頭は額田王が近江天皇（天智）をおしのび申して作った歌一首として

君待つとわが恋ひをればわが宿の
すだれ動かし秋の風吹く

額田大王（巻8・1606）

その次に鏡王女《かがみのおおきみ》が作った歌一首として

風をだに恋ふるは羨《とも》し風をだに
来むとし待たば　なにか嘆かむ

鏡王女（巻8・1607）

が載っている。鏡王女は額田王の姉妹で、初め天智天皇の妻、後に藤原鎌足の妻になった人で、これは二人揃った場所で作り、見せ合ったのだろうか。

七四〇年頃、家持は内舎人として聖武天皇の動きに従っている。従姉妹にあたる坂上大嬢《おおいらつめ》と結婚していて、

春がすみ　たなびく山の隔《へな》れれば
妹に逢はずて月ぞ経にける

大伴家持（巻8・1464）

という歌を恭仁京から奈良の宅に贈っている。巻末につけた年表を見ても分かるように、天下の支配を始めていた天皇の外戚である藤原四兄弟（武智麻呂、房前、宇合、麻呂）が、天然痘で死んでしまって、政権は橘諸兄が担うことになった。有名なところでは遣唐留学生で帰って来ていた吉備真備、同じく留学僧だった玄昉、関西圏で知らぬ人はいないと思われる行基《ぎょうき》などが活躍した時代だった。

行基は貧民救済・治水・架橋などの社会事業に活動したとされている。その行動が既存の枠を越えていたため、初め弾圧されたりもした。後には東大寺の大仏建立に協力させられている。七四五年（巻八の範囲外であるが）には大僧正となっている。しかし、この万葉集には彼の歌がない。大伴旅人と同じくらい年上の人なのだが、家持との接点がなかったのだろうか。民衆の方を向いていた行基には歌を作るなどという考えはなかったのだろうか。歌は民衆にも根付いていたはずなので、行基がその気になれば労働歌の十や二十はたちどころに採集できただろうに。

8. 巻九について

巻九は巻頭に雄略天皇か欽明天皇か分からないとして次の歌から始まっている。

夕されば小倉《をぐら》の山に臥す鹿し
こよひは鳴かず寝《い》ねにけらしも（巻9・1664）

本文の方は七〇一年の文武天皇の治世で始まっている。この年、山上憶良は書記官として遣唐船に乗っている。大伴旅人はまだ芽が出てなくて、父の安麻呂がようやく氏上《うじのがみ》として朝廷で用いられるようになった頃だ。

一六八二～一七〇八（二十七首）は作者不明であるが、皇子にさしあげた歌とか、……で作った歌という風に、主語のない説明文がついている。また一七一九の注に「姓氏

を記して名前を書かなかったりしているが、古記によって載せておく」とあり、これが一七三七まで（十九首）続く。ということはこの部分は誰かから頂戴した歌集をそのまま書き記したということだろうと思う。

一七三九から上総《かずさ》の珠名《たまな》という娘の話だったり水の江の浦島の話だったりと、地方の話題が長歌・短歌で表してある。また、少し飛んで各地の風土記作成の命令が七一三年に出ていたことと関係があるのだろうか。同じようなテーマで田辺福麻呂が「葦屋処女《あしやおとめ》」の墓を通って、高橋虫麻呂が「菟原処女《うはらおとめ》」の墓を見るとして書いている。これは神戸市灘区にある乙女塚の伝説だが、二人の男から求婚された娘が自ら命を絶ち、男たちが後を追って死んだという古代にあった三角関係の話だ。高橋虫麻呂が歌に詠んだ地域は、常陸国から駿河国にかけての東国と、摂津国・河内国・京（奈良）などである。東国に暮らしたことがあるということだろう。彼こそが「常陸国風土記の編者だ」という説もある。

一七五三番は検税使大伴卿が筑波山に登った時の歌とある。この時代を『古典日本文学全集』（筑摩書房）では「検税使大伴旅人卿」となっているので、高橋虫麻呂との接点ができたと喜んでいたのだが、他に旅人の関東へ動ける時代にはまだ検税使という職種がなかったので、大伴道足だったのではないかという説もある。筑波山での虫麻呂の歌はたくさんあるが、旅人の名前で歌が出てないのが何となく納得できる。旅人が歌垣《かがい》を見て、歌を残さないはずがないのだ。道足《みちたり》というのは、旅人が亡くなった後に氏上となった家持の〈祖父の甥〉にあたる人で、とてつもなく遠い血縁なのだが。

巻九を概観すれば、あれやこれやと見つけた古いものを集めた感のある巻である。誰が見つけたかと言ったら大伴家持しかない。他の誰それは呼び捨てにしているが、さきの一七五三番については大伴卿と呼んでいる。

9．巻十について

巻十には歌の成立した事情や作者の名前がほとんどない。柿本人麻呂歌集からの転載が六十九作、あとの四七〇作（八十七％）は作者名が記されていない。思うに、我々が、一日一作を期してブログに詩作するように、これこそ大伴家持が一年間を限って作った私歌集ではないか。

編集形態としては「春の雑歌」「春の相聞」「夏の雑歌」

「夏の相聞」「秋の雑歌」「秋の相聞」の下に「…に寄せて」とか「…を詠む」という小題の元に和歌を書いている。例外的に「問と答」とか「旋頭歌」という小題もある。

最初の「春の雑歌」は書き始めということもあって気負いが感じられる。『柿本人麻呂歌集』から七首転載してあり、詠み込まれた地名は春日山、高円、阿呆山、吉野川、明日香川などの家持の住まいの近くだと思われる。住まいと言っても住所番地が残っている訳ではないので、平城宮の近くとしか言えないが。春の雑歌「鳥をよむ」のところではうぐいすが多いし、夏の鳥はほととぎすが多い。

ほととぎす花たちばなの枝にゐて
鳴き響《とよ》もせば花は散りつつ

（巻10・1950）

彼はこの後、越中に赴任した時もたくさんほととぎすを歌っているし、歌い振りも似ているので、家持らしいと思うのだが。

いちしろく しぐれの雨は降らなくに
大城《おおき》の山は色づきにけり

（巻10・2197）

この後に「大城の山というのは、筑前の国御笠の郡の大野山の頂の名である」という詞書がある。ヤフーの地図で見たら今、福岡県大野市大城という住所があって、太宰府市から直線距離で四キロばかりである。十代で父と共に赴任した家持にとっても、懐かしいところだったと思う。一日一作の合間にひょいと浮かんだのだろうか。もう一首「筑波山で作る」という歌があるのが特異である。

一九九六番から二〇九三番まで九十七首が全部「七夕」をテーマにした歌だ。前半三十七首は『柿本人麻呂歌集』からの転載で、年に一度の逢瀬という恋に主眼が置かれているようだが、その後六十首には、七夕物語が進展しているような感触がある。これはたった一人で書き上げたようにしか思えない。大した集中力である。これらについて私は「七夕歌」という詩を書いた。

10. 巻十一について

巻十一は『柿本人麻呂歌集』からの転載が三割で残りがほぼ作者不明となっている。

「旋頭歌」として、柿本人麻呂歌集から採った歌を十二首、続いて古歌からの五首を巻頭に置いている。男女の恋歌のやり取りが格調高いというかどうか分からないが、まずは歌集としてかっちり始まった感じだ。

続いて「思いをありのままに述べた歌」「問と答」を人麻呂歌集から一四九首転載して、二五一七から始まる「思いをありのままに述べた歌」「問と答」と同じ題で、間に「思いを物に寄せて述べた歌」という項目を追加している。歌は違うので真似したとは言わないが、編集を真似したように思われる。作者も巻十のように一人の人が歌ったのではない、多人数の色合いを感じる。

とはいえ、男になったり女になったり、古い習慣を詠み込んだりと、意外に面白い。

志賀《しか》の海人《あま》のけぶり焼き立てて焼く塩の
からき恋をもわれはするかも
（巻11・2742）

という歌に続いて「右の一首は石川朝臣君子が作ったという」という風に、全作品の中で一人だけ注釈に名前が出ている。この石川君子は、風土記を作成する頃に播磨国守で赴任しているので、『播磨国風土記』は、この人の手になるという説もある。播磨国守を辞める時に、

絶等木《たゆらき》の　山の峰《を》の上《へ》の　桜花
咲かむ春べは　君が偲はむ
（巻9・1776）

君なくば　なぞ身装《よそ》はむ　櫛笥《くしげ》なる
黄楊《つげ》の小櫛《をぐし》も　取らむとも思《も》はず
（巻9・1777）

という歌を播磨の娘子から贈られている。中々の男ぶりだと思う。彼はこの後、兵部大輔になり、大伴旅人の大宰府に赴任した時、大弐という二番目の地位で同じく赴任している。まだ子供だった家持との交流もあったと思う。

奥山の真木《まき》の板戸を押し開き
しゑや出て来《こ》ね後は何せむ
（巻11・2519）

「かまうもんか板戸を開けて出てこいよ、後でなんて言ってたらどうにもならん。なるようになるさ」（恋の歌）

相思はず君はあるらし　ぬばたまの
夢《いめ》にも見えず祈誓《うけ》ひて寝《ね》れど

（巻11・2589）

「君は思ってもくれずいるらしい。祈って寝ても夢にも見えぬ」（昔は相手が思ってくれていると、それが自分の夢に現れると考えられていた）

眉根掻き下いふかしみ思へりし
妹が姿をけふ見つるかも

（巻11・2614番外）

「眉がかゆい。不思議なことと思ったらあの子のすがた今日は目に見た」（ことわざ・言い伝え）

打ち笑まひ鼻ぞひつる　つるぎ太刀
身に添ふ妹し思ひけらしも

（巻11・2637）

「笑みがもれる。くしゃみが出たぞ太刀のように身に添う妻がこがれるらしい」（今の私たちもクシャミをしたら噂になってると言う）

或る本の歌よりとして「あしひきの山鳥の尾のしだり尾の長き長夜をひとりかも寝む」これは百人一首で柿本人麻呂の歌となっているものだ。その前が、

思へども思ひもかねつ
あしひきの山鳥の尾の長きこの夜を

（巻11・2802）

という歌なので、この歌が出来た時は「長き」という単語への掛けことば「あしひきの山鳥の尾のしだり尾の」が流通していたことになる。

ここに載る恋歌の数々に、若き家持の署名公表ができなかったものも多くあるのではないかと思う。特に筆名公表できないが捨てることもできなかった笠郎女への歌が、たくさん詠まれているはずだ。巻三にある「妻を亡くして嘆き悲しんだ歌」が二十二歳頃に見られて、二十三歳の頃に恭仁京から妻（坂上大嬢）へ送った歌がある。なので、二十二歳の前にあるのではないか。それがこの巻十一にある作者不明の歌の数々だと思う。

もう一つの特徴は、「ある本によると」「一書に」「ある歌には」という注書きをつけて、よく似た歌を「番外」として掲示していることだ。この番外を付けたのは誰か。すでに順番の数字が書いてあったのだから「番外」という。それなら、それ以降ということになるだろうか。国歌大観が一九〇一年から一九〇三年にかけて刊行され、万葉集に番号が付けられたとなっているが、明治三〇年代であるとすると近すぎて不満だ。誰かの教示を得たい。

11．巻十二について

今回は巻十二に限って言えば、万葉集は家持の個人的な歌集だったと指摘するには、彼の名前が記された歌が一作もない。これはどういうことか。さらに詳細に読みたい。家持に関して言えば七三九年の「妾を亡くした歌」である。この女性と結ばれるまでの恋の歌のあれこれ。笠郎女とはいつ別れたかの記載はないが、情熱的な笠郎女の歌が二十四首と家持のいなすような歌を二首と第四巻の項に書いたが、遺していた歌を一挙に掲載したとも考えられる。最終的な結婚相手である坂上大嬢との結婚するまでの歌のやり取り、更に言えば山口女王から五首、中臣女郎《をみな》から五首届いているが、この女性とのやりとりなどが、署名のないまま放置されている。これが巻十巻から十二巻まである大量の作者不明の歌である。

巻十二は分類を

1．ありのままに思いを述べたもの（百首）
2．思いを物に寄せて述べたもの（一三七首）
3．問答（男女の・二十六首）
4．旅のこころを詠んだもの（四十九首）
5．別れを悲しんだ歌（三十一首）
6．問答（十首）

の六つに分類されているが、5の中味は旅に関連しているので正確には五つに分類される。

分類1．には地名がほとんどないがわずかに、

海石榴市《つばいち》の八十《やそ》の巷《ちまた》に立ちならし
結びし紐を解かまく惜しも

（巻12・2951）

「海石榴市の広場にでかけて、あの人と結んだ紐をそうそうは解かないわ」

海石榴市というのは古代から栄えた市だったらしく、現

在の地図で言うと桜井市金井の辺りらしい。紐を解く、解けたという言い回しは万葉集によく出て来る。この頃は男が女のもとを訪ねる通い婚だったので、セックスのあとに下紐を結ぶのだということなのだが、これが正直なところ、よくわからない。

新潟県の秘境「秋山郷」を旅した鈴木牧之の著書『秋山紀行』を読んでいたら、「秋山言葉の類」の項に「男の褌《ふんどし》の事を尻《けつ》くぐりと云ふ。女の褌を陰門《さねすだれ》と云ふ」とあった。この本は十九世紀初めに書かれたものだが、著者が平気で「女の褌は」と述べているので、この地の平安時代から隠れ棲んでいる女の住民も褌をしていて、江戸時代に女も褌をしていたと言える。

海石榴市は売買の市だけでなく、大和での歌垣《かがい》（男女で歌を交換する）も行われた場所のようだ。

分類2．の思いを物に寄せて詠む歌には家持の住む家の近くの地名が出てくる。

思ひ出づる時はすべなみ佐保山に
立つ雨霧の消《け》ぬべく思ほゆ

（巻12・3036）

「思い出した時はすでに詮方ないわが身が佐保山に立って消えていく霧のようだ」「佐保山に立つ雨霧の」が「消ぬ」に係る言葉なので語調を整えているだけである。今は人家が密集しているが奈良時代のこの辺りは佐保川の流れがあり、低い山の間から雨霧が空へ消えていったのだろう。このイメージは美しい。周辺に十二首の霧に関連した歌が出ていて、ああでもないこうでもないと工夫した人の筆の影を私はみる。

分類3．問と答でできているが、本当に贈答したか、想像で同一人が作ったかは記載がないので判らない。

ただひとり寝れど寝かねて
白たへの袖を笠に着ぬれつつぞ来し

（巻12・3123）

「ただひとり寝てみたけれど眠れずに袖をかざして濡れて来たよ」

雨も降り夜も降《くた》ちけりいまさらに
君往《い》なめやも紐解き設《ま》けな

（巻12・3124）

「雨も降り夜も更けました今更に帰れないし寝支度しましょう」

分類4．蘆城《あしき》山は太宰府市近くの山の様だが、柿本人麻呂の石見国から都へ上がって来る時の歌の二番煎じのようでいただけない。

蘆城《あしき》山木末《こぬれ》ことごと明日よりは
なびきたりこそ妹があたり見む
（巻12・3155）

ちなみに次の地方を題材にして歌をよんでいる。

大和地方：手向山／真土山／真若浦・能登／能登／難波潟／堀江／若の浦／青垣山／春日野／三笠山（十）

越の国：越の大山／越・子難（二）

太平洋：鈴鹿川／田子浦（二）

志賀：安の川・近江／志賀・能登／志賀（三）

瀬戸内海：粟島／鳴島・相生／淡路島／印南／飼飯《けひ》の浦／吹飯《ふけひ》の浜／柔田津《にぎたつ》（七）

九州：蘆城山・大宰府／筑紫路／荒津浜／荒津浜／荒津浜／筑紫／豊国の企玖／豊国の企玖（八）

分からない：安倍島山／左太／在千潟／木綿間山／笠島／島熊山／東坂／こぬみの浜（八）

12．巻十三について

巻十三は長歌と短歌の組合せで埋め尽くされている。前書きには長歌とは書いてなく、「反歌」の記録だけがあるが便宜上長歌と言い習わしている。歌は雑歌（二十七）相聞（五十七）問答（十八）譬喩歌（一）挽歌（二十四）の合計一二七首である。この巻は作者名が分からなくなりながら人々に歌われた歌の数々のようだ。作者と状況に注目し始めた後年の家持なら歌の採取の事情を克明に記したと思われるが、まだそこまで注意の届かなかった若い頃の収集だろう。

柿本人麻呂の歌によく似た歌はたくさんあって、さすが後の世に【歌聖】と言われただけはあると思う。三二四〇番の半ばは、**楽浪《ささなみ》の志賀の唐崎幸《さき》くあらば　また還り見む**と、三〇の**楽浪の志賀の唐崎幸くあれど大宮人の船待ちかねつ**を思わせるし、続きの**道の隈八十隈《くまやそくま》ごとに嘆きつつわが過ぎ行けばいや遠に里は遠《さか》りぬいや高に山も越え来ぬ**は、一三一の石見から妻と別れて上って来る時の歌の後半とそっくり。

一三一……この道の八十隈《やそくま》ごとに万《よろず》たび顧みすれど
いや遠に里は離《さか》りぬいや高に山を越え来ぬ

そして伊香胡《いかご》山を越えたけれど、さて、という風に。

三二四三は近江を舞台にしている。三二五〇は人麻呂の三二五三と似ていると思ってこの集を集めた編者、すなわち家持が傍に置いたのではないかと思う。

相聞の部は【歌垣】で互いにやり取りしたものとされているけれど、熱い歌が多い。やはり作者名がなくて、

二つなき恋をしすれば常の帯を
三重結ぶべくわが身はなりぬ
（巻13・3279）

美空ひばりの「みだれ髪」に「春は二重に　巻いた帯　三重に巻いても　余る秋」という歌詞がある。恋に痩せる女の切ない歌がすでにここにある。家持も許嫁の坂上大嬢《さかのうえのおおいらつめ》にちゃっかり贈っている。

一重のみ妹が結ばむ帯をすら
三重結ぶべくわが身はなりぬ
大伴家持（巻4・742）

この巻には時代を確定できそうなものはあまりなく、高市皇子を歌った柿本人麻呂の歌によく似たものがあるけれど（三三二六）研究者の確信はないようだ。

13．巻十四について

巻十四は東歌《あずまうた》特集となっている。東国の上総、下総、常陸、信濃、遠江、駿河、伊豆、相模、武蔵、常陸、上野、陸奥の諸国の地名が分かるものを先頭に、後半は地名の分からないものを相聞、雑歌、防人歌、譬喩歌、挽歌という分類で載せてある。

特記するのは言葉自身や助詞などが方言のために音の変化があるということだ。しかし、私自身、古語がしっかり分かっているわけではないし、旧仮名遣いをキーボードで打ち間違えてばかりいるので、方言だからという差異は感じないが。相聞の部には人麻呂の歌集から三作だけ挟み込んである。東国でももてはやされていたということだろうか、

また、防人の歌は巻二十で家持の許にたくさん寄せられて掲載されているが、それは多くは防人に引っ立てられた離別の悲しさを歌ったもので、この巻十四には生き生き

とした庶民の恋の歌がたくさん盛られている。

筑波嶺に雪かも降らる否《いな》をかも愛《かな》しき子ろが布《いの》ほさる
かも　（巻14・3351）

（筑波山に雪が降ったか、そうでもないか、いとしいあの子が布を干したか）

季節は違うけれど、巻一の歌

春過ぎて夏来たるらし白たへの衣干したり天香具山
持統天皇　（巻1・28）

を意識しているのかも知れないと思うけれど、もっとわが身に引き据えて書いてあり、なにより風景が美しい。

ま遠くの雲居に見ゆる妹が家《へ》に
いつか至らむ歩め吾が駒　（巻14・3441）

とても頑張って遠い道のりを馬で歩いている感じがリズムになっていて佳い。

人妻と何《あ》ぜかそを言はむしからばか
隣の衣《きぬ》を借りて着なはも　（巻14・3472）

どうして人妻だからと拒否をするの？　隣の衣を借りて着ることだってあるのに。おいおい！　って言いたいけど、おもしろい屁理屈。防人の歌もあるけれど、どこか明るいところがあって巻二十の歌群とはおおいに質が違うと思う。

置きて行《い》かば妹はま愛《がな》し
持ちて行《ゆ》く梓《あずさ》の弓の弓束《ゆづか》にもがも　（巻14・3567）

妻を置いて行くのは辛いので弓束のように持って行こうなんて。

この東歌の数々がどのようにして集められたのかの次第を書いた説明が一切ない。東国赴任の人が持ち帰ったのか、奈良の都に居て東歌に興味を抱いた人が集めておいたものを、家持が入手したと思うしかない。

また、この東歌を知っていたことが、彼の巻二十の防人歌収集の仕事をなさしめたのだろう。即ち七五六年に防人の事務を検察する仕事を任された時、難波の湊へ集結してから船で九州へ送られた防人たちの歌を蒐集することになった動機となったものと思う。

14．巻十五について

巻十五は合計二〇八首の長歌と短歌であるが、中味は大きく二つに分類される。一つは天平八（七三六）年に朝廷から新羅へ遣わされた遣新羅使の旅日記風の歌。これには副大使としての役を大伴の一族の大伴三中《みなか》が担っているので、資料や話が一族の中で共有されたと思う。

この遣いは艱難辛苦に満ちている。私は「艱難新羅使《かんなんしらぎし》」というタイトルで詩を書いた。

そもそもこの遣新羅使の役目は不埒な新羅の遣いに対する問責だったのだが、道中、瀬戸内海で漂流するし、新羅に向かう日本海では良い風が吹かず、なかなか出航できないし、オマケに疫病に罹患してたくさんの人が死に、ついには副使である大伴三中自身も罹患して苦しんでいる。そんな状態で新羅の王の謁見も叶わなかった。しぶしぶ引き返した帰りの対馬では正使の阿倍継麻呂が死に、三中の病もなかなか癒えず朝廷に挨拶に出られたのは翌年の正月になってからだった。

行きの道中ではまだ元気で瀬戸内海では文学散歩よろしく、柿本人麻呂の巻三にある歌が六首、披露されている。

天離《あまざか》る鄙《ひな》の長路を恋ひ来れば
明石の門《と》より家のあたり見ゆ　（巻15・3608）

武庫の海の庭よくあらし
漁《いさり》する海人の釣船波の上ゆ見ゆ　（巻15・3609）

武庫の辺りに来て「このような歌が人麻呂の歌にありましたなぁ」と言って（細かく言うと詩句は違うのだが）記憶に頼って詠ってみせる人の姿が目に見えるようだ。

今ひとつは中臣朝臣宅守《なかとみのあそんやかもり》が流罪に処された時に都に残る狭野弟上娘子《さののおとがみのおとめ》との恋歌の贈答である。後者は万葉集の詞書だけでは何の罪であるか分からないけれど、七四〇年の六月の聖武天皇の恩赦のときに「七三九年以前の罪はすべて許すが、中臣宅守は許さない」と名指しにされていることで、はじめて流罪になったのがわかる。場所は先達の調べによると越前の国ということになっている。それも当時刑罰で近流地《きんる》が越前で、二人の歌の中に「逢坂山を越えて」「み越路の峠」「味真野《あじまの》に宿れる」の文言があるので分かるくらいである。

君が行く道の長途《ながて》を繰り畳ね
焼きほそぼさむ　天《あめ》の火もがも
狭野弟上娘子（巻15・3724）

「あなたが都から流されて行く遠い道のりを反物のように折り畳んで焼いてしまいたい」とは何と激しい恋であろうか。

遠き山　関も越え来ぬ
いまさらに逢ふべきよしの　なきがさぶしさ
中臣宅守（巻15・3794）

「愛発《あらち》の関を越えてもう越前に入った。いつ逢えるか、寂しい」

その後、宅守がいつ許されて、都へ帰ったのか。そのとき、狭野弟上娘子は生きていたのか、晴れて夫婦になったのかを確定するものは何もない。

さらにいえば、どのような経緯でこの歌群が家持の文箱に入ったのかもわからない。家持はこの事件のころ、ようやく内舎人として聖武天皇の朝廷に出仕がかなった二十歳くらいであった。後に越中守として赴任した頃なら、すっかり書き癖ができていて、入手経路なども言及していただろうのにと思う。

15・巻十六について

巻十六は長い詞書の後に数種の歌を示す形を取っている。由緒のある話もあるし、まるでダジャレのような歌もある。家持の歌は宴会の時にひとを揶揄《やゆ》したものが二作のみである。万葉の和歌が風流や恋歌のみではなく揶揄、諷刺、物語、即興という形をとっているものを集めている感じがする。家持の歌を二首披露する。

石麿《いはまろ》にわれ物申す夏痩によしといふものぞ
鰻《むなぎ》取り召せ

大伴家持（巻16・3853）

痩す痩すも生けらばあらむを　はたやはた
むなぎを取ると川に流るな

大伴家持（巻16・3854）

（吉田石麿殿。夏痩せには鰻が良いというぞ、是非取って食べられよ。いやしかし、生きていてこその命だ、鰻取ろうとしてその身軽くて川に流されるなよ。）

良いのかなこんな事、面と向かって言って。家持にある程度の地位があるか、親密な交流がないとできない歌だ。

特筆するのは乞食者《ほがいびと》の歌というのが二首、最後尾あたりに置いてある。ひとつは鹿の奉仕を詠んだ長歌で、もうひとつは蟹の奉仕を詠んだ長歌である。

（略）大君にわれは仕へむ　わが角は御笠の栄《は》やし
わが耳は御墨の壺　わが目らは真澄《ますみ》の鏡（略）老いたる奴《やつこ》
わが身ひとつに七重花咲く八重花咲くと　申しはやさね
申しはやさね

（巻16・3885）

押し照るや難波の小江に廬《いを》つくり隠《こも》りてをる　葦蟹を
大君召する……（略）

（巻16・3886）

最初の鹿の歌というのは、薬狩りを楽しんでいる貴人たちの前に鹿が出て来て「私のすべてを大君に差し上げます。角は笠の飾りに、耳は墨壺に目は鏡に、爪は毛は肉は肝は胃は……」すべてでご奉仕するので褒めてください。という歌である。

二つ目は、小屋を作って貧しく暮らしている葦蟹を大君が召された。その頃伎楽の充実のために何か一芸ある人を求めていたので、歌謡いとして召されるのか、笛吹きとして召されるのか、琴弾きとして召されるのかと不審に思いながら出頭すると、足には縄を掛け、目（身体全体？）には塩を塗り（食べるために）宮中に収められてしまったという歌だが、蟹踊り歌というものがあったらしい。奈良時代には雅楽寮という役所があって、歌う者、舞う者、笛を吹く者が外国に負けじと日々励んでいたのだが、そのことに触れて、この蟹の歌が作られたのだと思う。門付けする乞食者は後には河原者とか言われて歌舞伎などの元となっている。

16．巻十七について

巻十七は家持と彼の関連の人々の歌が八十三％を占めている。家持の越中赴任の前後を日付や事情を入れながらの巻なので、彼の身辺の事情がよくわかり、家持の歌日記の雰囲気がある。

それによると最初の十首は七三〇年、大伴旅人が大宰府から都へ上る惜別歌なので、巻五の補遺といった感じである。次の三九〇〇は「天平十年七月七日の夜、ひとり天の川を仰いで作った」と書いてあるが、これは巻十の作者不明となっている二〇三四から二〇九二の一連の七夕歌に対応する補遺だと思う。大宰府の梅の花の歌に唱和したというのは、やはり巻五を見て懐かしんで唱和したものと思う。次に七四一年の恭仁京をほめる歌が数首ある。家持は内舎人として聖武天皇に仕えていた。この頃には正式に結婚していたようで、家にいる大嬢に歌を贈っている。

七四四年は彼の仕えている聖武天皇と橘氏の娘の間にできた安積《あさか》皇子が恭仁京で急死する事件が閏一月に起きている。脚気による心臓死という西洋医学での診断はあるが、橘諸兄の政敵である藤原仲麻呂の毒殺を疑う歴史家もいる。この年四月五日に、家持の奈良の自宅で歌った歌が六首ある。橘の花を歌っているが、事件への自分の考えなどは入れてないようだ。

一年半ほど飛んで、七四六年正月に雪が降って元正太上天皇の御所で雪見の宴がありそれぞれが歌を披露している。五首の歌のあとに十八名の名を挙げて「書かずにおいた歌が無くなってしまった」という記述があるので（書かずというのは書写しなかったという意味だと思う）、この頃の家持は、宴会などで発表された歌を自分の文箱に残すべく、せっせと筆記していたことが分かる。

六月二十一日、従五位下大伴家持は越中守に任ぜられている。七月に赴任に際して歌のやりとりをしてあり、これ以後はまったくの家持自身の歌日記の観がある。

八月七日に「守大伴家持の邸宅で」宴を開いている。着任挨拶の宴だろう。

着任間もなく弟の書持《ふみもち》の訃報が届き長歌を書いている。次のは反歌。

かからむとかねて知りせば越《こし》の海の
荒磯の波も見せましものを

大伴家持　（巻17・3958）

死因はどこにも書いてないが、奈良の山波しか知らない弟に越中の荒磯の波も見せたかったと、思い遣る気持に溢れている。

七四七年二月二十日の段階で「急病で数十日苦しんだ」とあるので、十一月に風邪でも引いて、肺炎になったということかと思うが、都から離れて心細かっただろう。そのとき、歌を頻繁に交換したのが下役として赴任していた大伴池主である。

うぐひすの鳴き散らすらむ春の花
いつしか君と　手折りかざさむ
大伴家持　二月二十九日（巻17・3966）

うぐひすの来鳴く山吹うたがたも
君が手触れず　花散らめやも
大伴池主　三月二日（巻17・3968）

三月五日までの二週間ばかりの間に家持から七首、池主から五首、ほかに漢詩や手紙をそれぞれ交換している。この巻には池主の歌が十八首掲載されていて、その親近感の強さに圧倒される。

この池主というのは大伴の縁戚で多分年齢も似ていると思われる。歌などを読んでみると若干若いかとも思う。都での橘家での宴会でも一緒に歌を詠んでいるし、都に帰ってからも同席している。

家持の越中守赴任のとき、池主はすでに掾（三等官）として赴任していて、その後、越前の掾に替わったようだ。そこで前記の中臣宅守の筆になった歌を入手して家持に渡したとも考えられるが、全然確証はない。彼はこの十年程後に藤原仲麻呂の勢力を削ぐために起こした「橘奈良麻呂乱」で処刑されている。

巻十七の最後の歌は七四八年に彼の任地である越中の方々へ任務で出かけた歌になっている。春耕に際して官の種籾を貸し出し、秋に収穫すると、ある程度の利息をつけて徴収する仕事なのだが、家持は単に貸しつけるだけではなく、地方の暮らしを見て廻り、各地の歌をたくさん残している。彼はここでは最上位の守《かみ》なので、その歌は伸び伸びして威厳もある。

私が高岡を訪れた時には大伴神社というのができていて地元の人々に大切にされているのを見て嬉しかった。

珠《す》洲《ず》の海に朝開きしてこぎ来れば
長浜の浦に月照りにけり

大伴家持（巻17・4029）

「能登の珠洲を朝発って、富山湾を通って宿舎の浜に帰って来たら月が照っているゾ」という訳でどうか。それから仕事や宴会の歌の記事が巻十八に続いている。

17. 巻十八について

巻十七から巻二十までは、万葉研究者もこぞって家持編集に異論がない。巻十八は天平二〇（七四八）年三月二十三日から始まって、七五〇年二月十八日で終わっている。全体は越中守として赴任中の日付や事件など、また心中の事など詳細に記された「歌日記」風になっている。都から遠く離れて地方でのボスとして振る舞うことができ、生き生きと活動していた事が窺われる。

病も癒えて七四八年の春には橘諸兄の使者田辺福麻呂《さきまろ》が訪問してくれて、歌を交わしたり古い歌を歌ったりの楽しい時間を過ごしている。彼には『田辺福麻呂歌集』というものがあり、これの贈呈を受けたか書き写したか、以後度々「田辺福麻呂歌集より」という注釈がはいる。ただ、以後に、都で彼と会ったという記載はない。

二月に陸奥の国から都へ黄金が届けられた。盧舎那仏《るしゃなぶつ》を造営中の聖武天皇は、神の助けか仏の功徳と小躍りして喜ばれた。この話はもちろん越中に届いていて、家持も有名な歌を書いたが、これを奏上したかは記録に残ってない。万葉集にも「詔書を賀する歌を作った」としか記載がない。

海行かば水漬く屍　山行かば草生す屍
大君の辺にこそ死なめ　顧みはせじ

（巻18・4094）

という長歌の中の部分を戦歌として信時《のぶとき》潔《きよし》が作曲し、第二次世界大戦の時に一世を風靡したことは私も知っている。これは武門として朝廷に仕えていた大伴氏がずっと保っていた武門としての氏のよりどころである、**【家訓】**（この場合後ろのところが「のどには死なじ」となっている）であり、この一節は催された大仏開眼の儀式でも、中務卿の石上朝臣乙麻呂によって唱えられている。

18・巻十九について

巻十九は七五〇年三月から七五三年二月までの三年間が綴られている。日記風にちゃんと書いているはずなのに、赴任先へ妻がいつ来ていたのかが記してない。家持が行かなくても、使いの者は始終地方と京を行き来するので、その便で連れて来たのか。または本人が京へ帰ったおりに連れて来たのか。

朝床に聞けば遥けし射水川
朝漕ぎしつつ歌ふ船人

大伴家持（巻19・4150）

この歌の後に、妻が京の母へ贈る歌を代作したとあるので、この穏やかな歌は既に仲睦まじく暮らしている頃の歌と思う。

地方の守として生き生きとした日々を過ごしているようなのだが、中に挽歌というのがある。長歌の後にある反歌二首の内の一首。詞書には「婿の南右大臣家の藤原二郎《なかちこ》（藤原仲麻呂の次男久須麿？）が、母を失った悲しみ弔ったもの。五月二十七日」として歌を贈っている。

世の中の常なきことは知るらむを
心つくすなますらをにして

大伴家持（巻19・4216）

「男だろ、しっかりしろよ」と義父ぶりである。仲麻呂は時の人なので、しっかり縁戚関係も作っていたようだ。家持は三十歳頃である。

七五一年八月に越中を発って、都へ戻った時は少納言であった。帰ってからの家持は、王侯重臣の張られる宴席に顔を出して歌を詠んだり、収集したり、あげくは橘諸兄の添削まで受けてしまっている。若い頃の夜っぴての歌作や、若い娘の門口に立って恋の歌を歌ったりということからはすっかり離れてしまったようである。この巻は次の歌で終わっている。現代人の心境にも通じるものがあると明治の歌壇で見直された歌のひとつである。

うらうらに照れる春日に雲雀あがり
心悲しもひとりし思えば

大伴家持（巻19・4292）

19・巻二十について

二十巻での大きな項目は大伴家持による「防人歌」の収集である。防人というのは「大化の改新」以後続いていた軍制で、東北、北関東から税金の代わりに民を徴用して北九州の守りに当たらせるというものであったが、頭割りで出頭命令が出て、民はいきなり徴用されるのだった。三年任期で帰りの飯代のでない苛酷なものであった。

遠江、相模、駿河、上総、常陸、上野、下総、信濃、埼玉各地から役人に連れられて徒歩で難波へ入り、船で九州へ送られるのだ。病気の熱が収まらないうちに連れ出された男や、両親への挨拶もしないうちに出て来たという歌もあり、家持も武人として励ましの歌や慰めの歌を間に挟んでいる。

吾《わ》ろ旅は旅と思《おめ》ほど家《いひ》にして
子持ち痩すらむ　わが妻《み》かなしも

坂田部首麿（駿河）（巻20・4343）

第二次世界大戦で戦いに狩り出された我が親たちのようである。この防人の東国からの出兵は七五七年、橘奈良麻呂の乱の後に西海道七国からの派兵に切りかえられる。『続日本紀』には防人の通る道筋の疲弊や帰郷の際の飢渇や横死がその理由に挙げられている。

七五七年橘諸兄が亡くなった後、橘奈良麻呂が藤原仲麻呂専横を打倒しようとした計画が洩れた。「奈良麻呂の乱」といわれている。これによって宴で歌を誦しあった友人が政権側と謀反者の両方に別れた。家持にとって哀しかったのは大伴池主の刑死だったろう。この二年ばかりは宴を催してもこれという歌の記録はなく、家持の歌か主宰者のものが僅かに記録されているのみである。

七五八年も引き続き沈鬱であった。藤原仲麻呂が内裏で開く宴に出席して、歌を用意して行っても奏上する気にはならないということが度重なった。心を開いて酒が飲め、歌を誦する機会が減っていったし、若い頃のように、一人居ても歌がどんどん湧いてくることもなかった。ただ僅かの慰めは大原真人今城という男との交流が盛んにできたことくらいだろうか。

六月には因幡の国守として赴任することになった。そのとき彼は送別の宴も開いてくれている。

秋風の末吹きなびく萩の花
ともにかざさず　相か別れむ

大伴家持　（巻20・4515）

「まだ秋というのは早く、萩の花は咲いていない。萩を口実に共に飲むこともなく別れるのか」

雪が降ったといっては飲み、ほととぎすが鳴いたといっては飲んだなあと、因幡の田舎へ行くにあたって、もう死んでしまった人も含めて、そのメンバーの顔が去来したことだろう。

大伴家持が奈良麻呂の乱で排除されなかったのは、彼自身が謹厳実直で家門と天皇を大事と思っていたことはもちろん影響しているだろうが、娘が仲麻呂の二男の嫁であったことが関係しているかもしれない。万葉集最後の歌。

新《あらた》しき年の初めの初春の
今日降る雪の　いや重《し》け吉事《よごと》

守大伴宿祢家持　（巻20・4516）

二十　詩画展に出品した作品について

私の所属している関西詩人協会と兵庫県現代詩協会では、年に一回【詩画展】なるものをやっていて、私はこのところ、それに万葉集関連の絵と詩で参加している。詩作品は全部描き込む事ができないので、万葉歌とそれにいちばん深く関わっていることばを書き込むことになる。

次頁からの六枚はいずれもそれに参加した作品である。一連のテーマで描くことは集中するということでもあるので、詩画展にでも詩集にでも意味のあることだと思う。サイズはA２と結構大きくカラーで作っているので、ここで小さいモノクロになるのはとても残念なのだが、記録として貼り込んで置きたい。文字が読みにくくなるのは仕方がないので雰囲気でも感じてもらえればいいかと思う。

写真に詩の文字を画像ソフトで入れたり、夫に土台になるそれなりの絵を描いてもらったり、写真を撮りに行ったり夫婦円満の証でもある、かな。

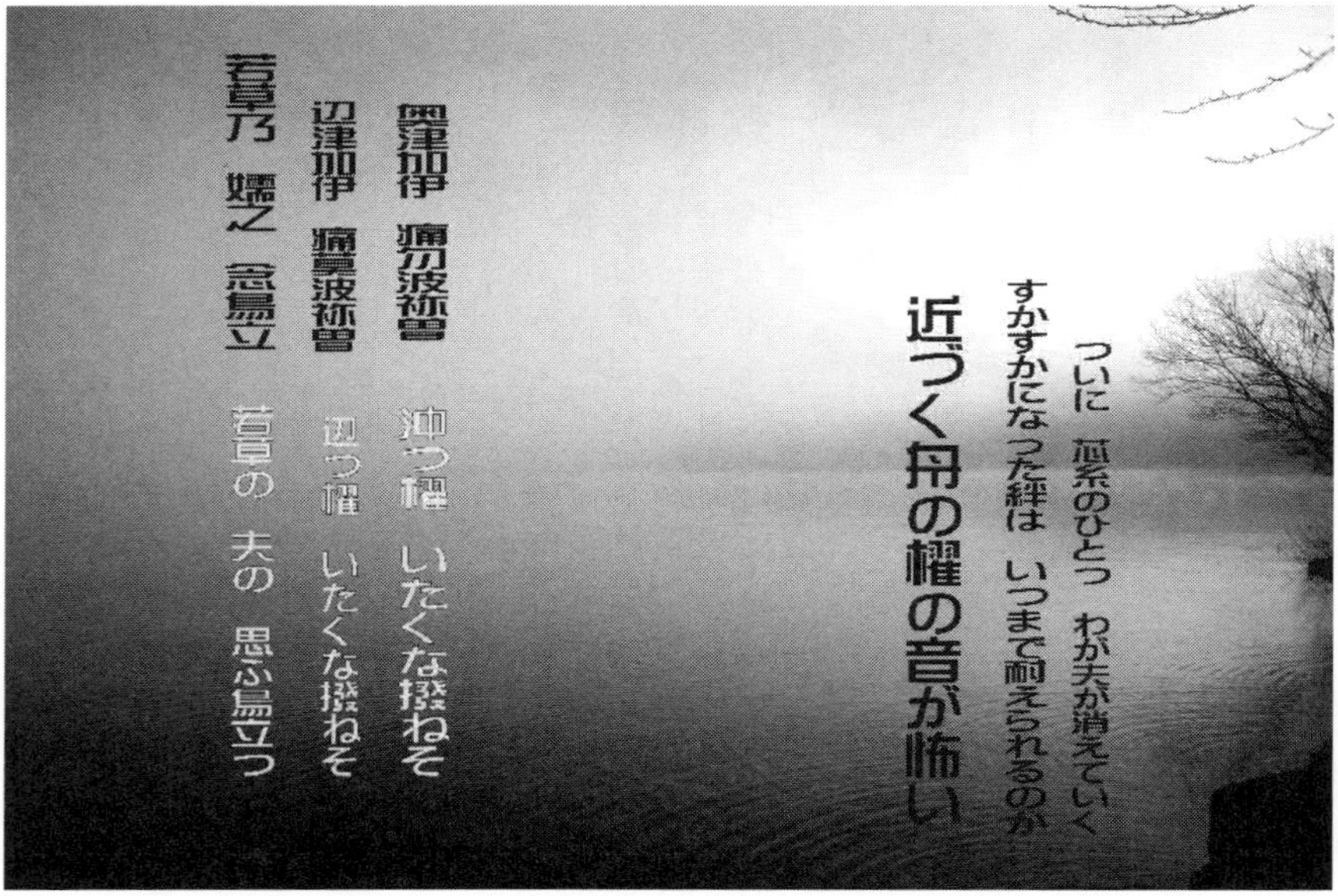

詩「絆は結べど」万葉歌 153　天智天皇正妃 倭姫の歌を素材に

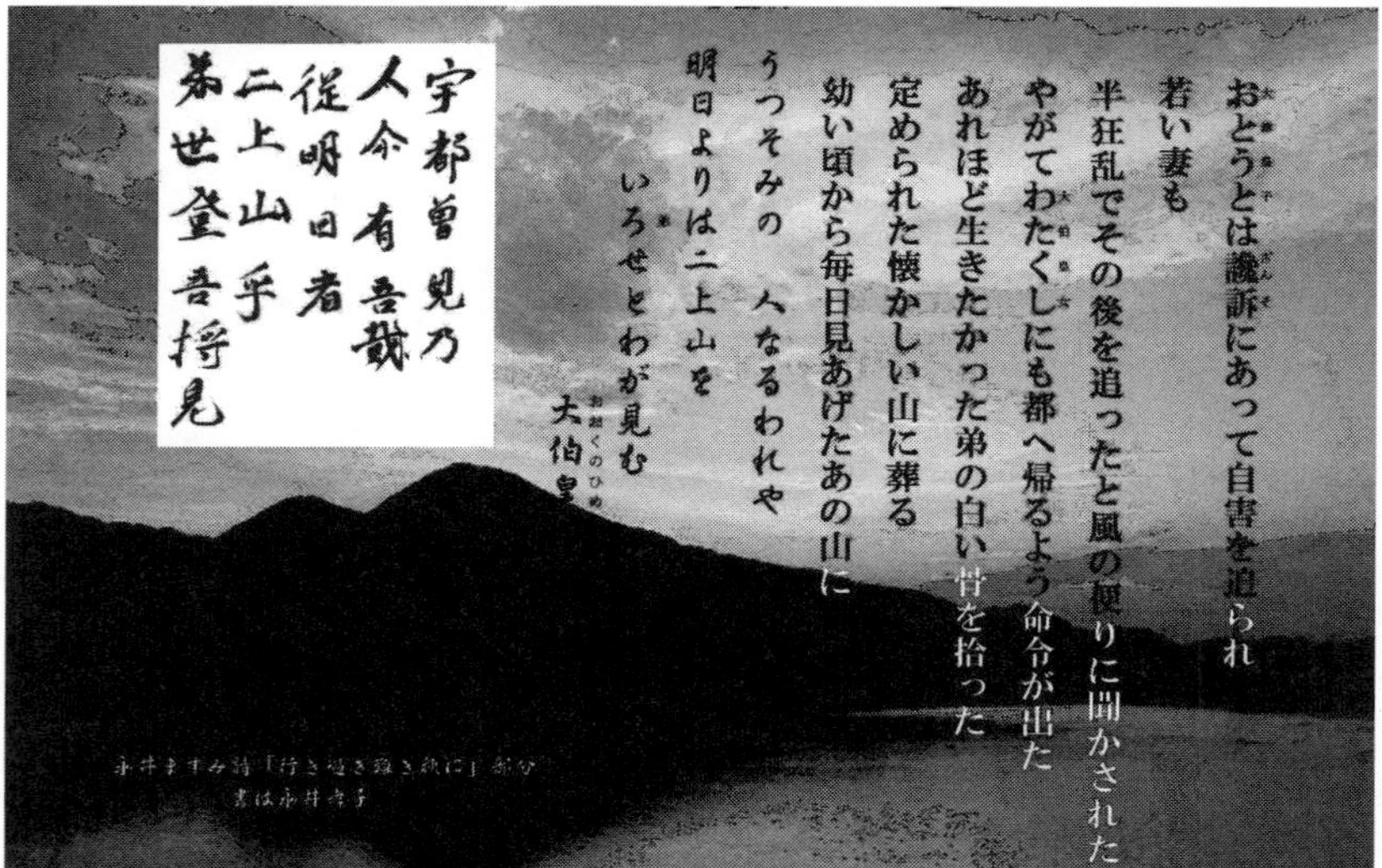

詩「生き過ぎ難き世に」万葉歌 106　大伯皇女歌を素材に　二上山と千股池

詩「明石の大門に」万葉歌 254　柿本人麻呂の歌を素材に写真は今の明石大橋

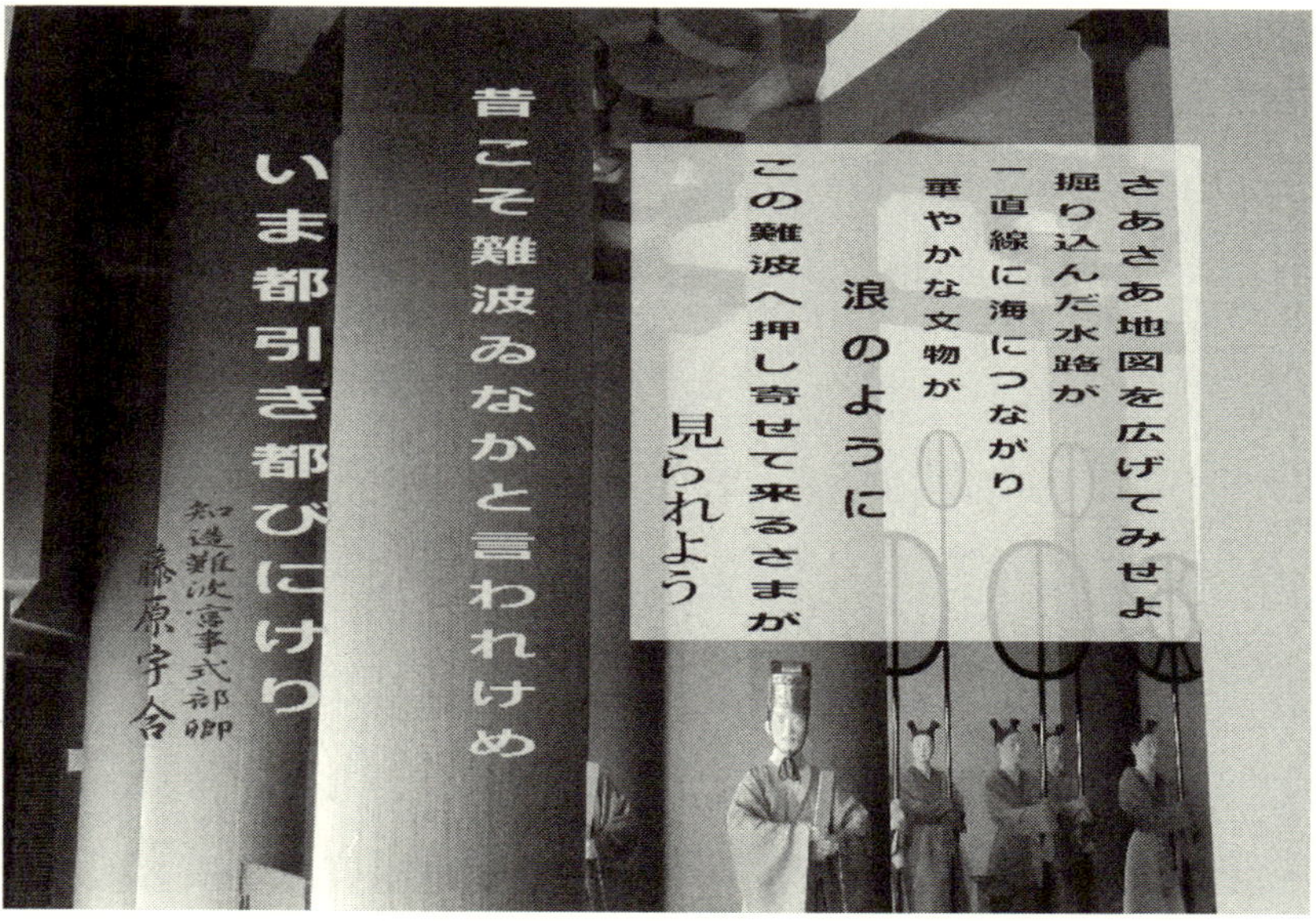

詩「いま都引き」万葉歌 312　藤原宇合が聖武天皇の命で難波宮造営

詩「春の雑歌」万葉歌1418　志貴皇子の歌を素材に　絵 石井寛治

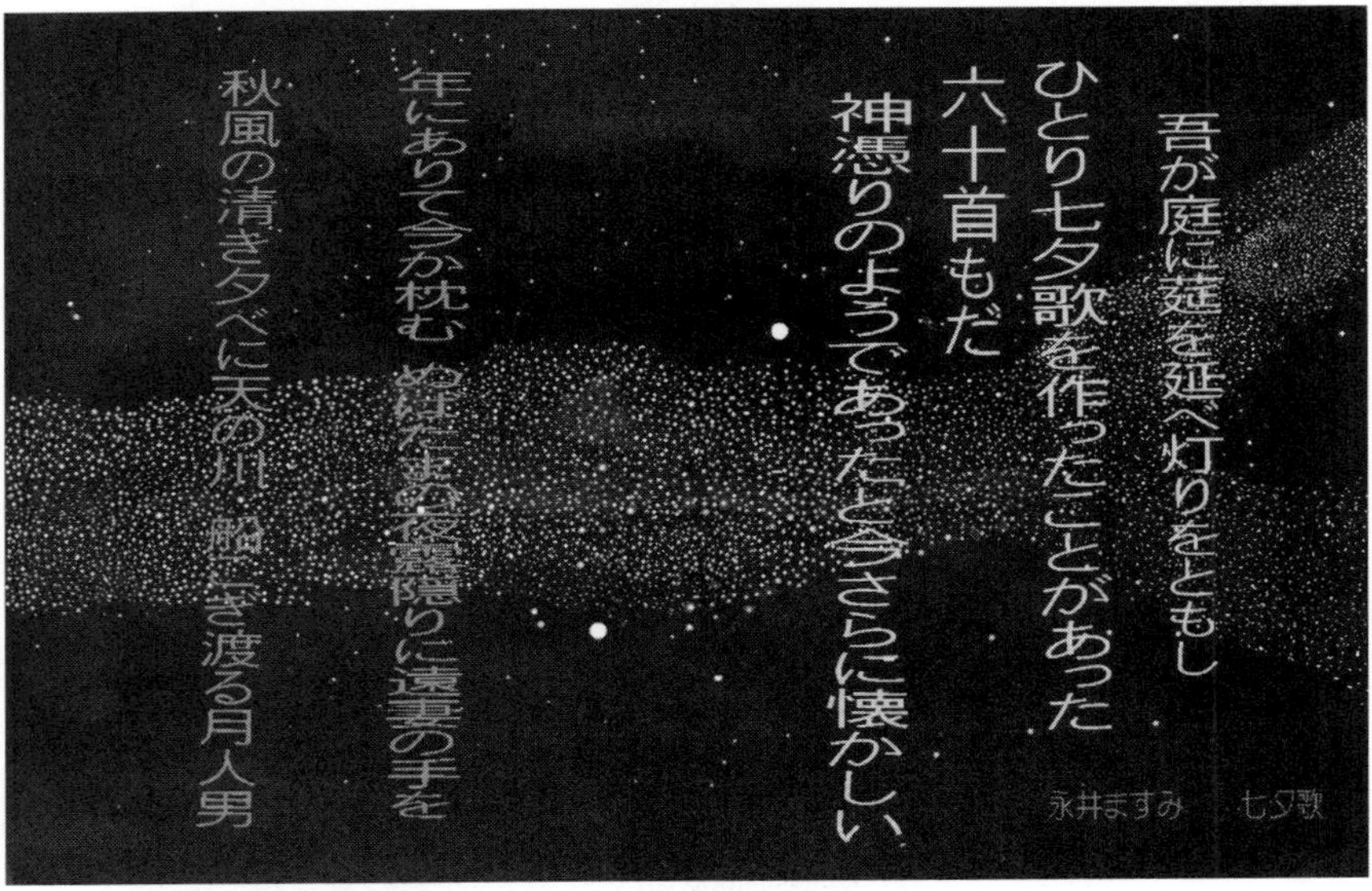

詩「七夕歌」より　2035・2043　バックの空 石井寛治 私が星を点描する

二十一　最後の最後に

二十巻を閉じては読み、読んでは閉じてきた。基本資料とした筑摩書房の『古典日本文学全集』からいろいろ書き出している内に、二首だけ収録もれしていることも発見して、天下の筑摩書房がと、ちょっと安心した。詞書をたよりに分類して、エクセルで数えてとやったけれど、数を数え間違えたりの初歩的入力ミスを見つけてやりなおしたり、表を画像にする際、文字が切れているのを指摘されたり、頭の中はぐちゃぐちゃ。

文中、天皇の名前を入れている。本来〇〇天皇というのは死んでからおくられた名前なのだが、私たちが理解しやすいように、聞きなれた〇〇天皇としている。

ウィキペディアを拾いながら家系図を作っていて、男には名前があるけど、女にはないなぁと思った。藤原の娘さんとか、大伴の二人目の娘さんと呼ぶわけだ。

産む性としか見られなかった女性の人権軽視という面もあるが、古代、女が男に名前を明かすことは「セックスOKよ」ということなのだ。それもあって安易には語れなかったこともある。平安文学でも〇の母、とか娘の時は〇の女と書かれている。かの有名な紫式部でさえ藤原為時の娘で、「紫式部」はペンネームでしかないわけだ。

エクセルのグラフと共に%を上げているが、もしも巻十から巻十二の作者不明の歌の内、一四七〇首が大伴家持の若き日のブログ（この本のタイトルにした）作品だったら、四十三%が彼自身の歌ということになり、彼の収集可能な歌が六十一%を占めることになる。

更に巻一、巻二の一八三首をテキストとして認めれば六十五%が彼の（編纂という仕事ではなくて）個人的に入手して文箱の底に沈めた収集可能な歌の数となる。

歌集からの収集にしても、彼自身が何等かのかたちで贈与や貸与を受けていたら、そのほとんどは彼の【個人的な収集】と認められるのではないか。

もし、天皇の意を受けた一編集者だったとしたらこのような歌の取り上げ方は横暴としか言えない。

それぞれの括りをしながら、コツコツと書いてきた家持さんに敬意を表してこの文を終わります。

年代のほぼ確定された歴史年表

太字は私の詩集『いや重け吉事』への掲載詩のタイトル

年数不明だが645年以前

「堅香子の野」「ほめ歌を詠うひと」「角島の若女」

「対馬嶺」「大口の真神の原を」「嚙み酒というを」

645　乙巳の変（大化の改新）　孝徳天皇

655　飛鳥の宮・斉明天皇

658　有間皇子の変

「牟婁の湯にて」「磐代の浜松」

660　斉明天皇崩御・福岡朝倉宮

663　白村江戦いで中大兄皇子大敗

「いずれの神を」

667　天智天皇大津宮で即位

「紫野ゆき標野ゆき」「鳴神相聞」

669　藤原鎌足亡くなる

671　天智天皇亡くなる

「絆は結べど」

672　壬申の乱　都は飛鳥へ

678　十市皇女（大海人皇子と額田大王の娘）亡くなる

679　吉野の盟約

686　天武天皇亡くなる

翌月謀反の疑いで大津皇子は自害させられる

「行き過ぎがたき世に」

689　草壁皇子の亡くなる

694　藤原京遷都

696　高市皇子の亡くなる

697　文武天皇即位

「妹が木枕」

701　山上憶良、遣唐使船に乗る

大伴御行亡くなる、大伴安麻呂参議となる

「明石の大門に」「廃都にて」

703　持統大上皇后の亡くなる

「靡けこの山」「春の雑歌」

707　文武天皇亡くなる（母の元明天皇が即位）

708　続日本紀に柿本猴の死亡記事

「月の船出づ」

710　平城宮遷都

712　古事記完成

713　風土記作成命令

714　大伴宿祢安麻呂亡くなる

715 元正天皇即位（元明天皇と草壁皇子の娘）藤原宇合
遣唐副使に
718 大伴旅人、中納言に任命される
719 宇合は常陸守と東北の安察使となる
720 日本書紀完成する。旅人征隼人持節大将軍に任
命され大隅（鹿児島県）藤原不比等亡くなる
723 元正天皇吉野へ御幸
724 聖武天皇即位　3月吉野へ、紀伊へ御幸
725? 旅人は大宰帥として妻を伴って赴任
725 聖武天皇恭仁京へ、吉野へ、難波宮へ
「浅茅原に吹く風を」
726 難波宮造営開始、藤原宇合を責任者にする
「いま都引き」
聖武天皇は播磨へ。山上憶良筑前守として赴任
「妹に恋ふれや」
728 聖武天皇は難波宮へ
729 長屋王の変（密かに左道で謀反を企んでいるとの密告に
より一家全滅となった）
「鳴くやうぐいす」「領巾振り物語」
「松浦の鮎に」「秋の七草いかがかな」

730 大伴旅人都へ帰還
731 大伴旅人亡くなる
旅人には祖父の甥である大伴道足が参議にのぼる
732 山上憶良都へ帰還
「熊凝無念」
734 聖武天皇難波へ
「迷いの船」
736 聖武天皇、吉野へ
737 正月、万葉集巻15の遣新羅使が帰京する
藤原四兄弟天然痘で死亡。橘諸兄が政権を握る
「笠郎女の恋」「艱難新羅使」
739 巻三に夏六月大伴宿祢家持（二十二歳頃）が亡く
なった妾を悲しんで作った歌が記載されている
中臣宅守越前へ流刑
「ほととぎすに寄せて」「許されぬ恋」
740 藤原広嗣《ひろつぐ》（宇合の子）乱。家持は内舎人として随
行する（二十三歳くらいか）。同じ頃、天皇は恭仁京
を都にすると宣言。伊賀国、伊勢国、美濃国、
近江国を巡り恭仁京（山城国）に移った。その後も
難波京へ移り、また平城京へ還る。遠い九州の広

嗣の乱を天皇が極度に恐れたためとされる。
聖武天皇の恩赦「ただし中臣宅守は含まず」

742　平城宮を壊して恭仁京に移す準備をする。紫香楽宮（近江国甲賀郡）造営。家持はすでに結婚しているのか恭仁京から坂上大嬢へ歌を送る

744　聖武天皇の子、安積皇子の死（脚気による急死、毒殺説もある）この時大伴家持は舎人であった

745　平城京を都と定めた

746　正月、家持は五位下となり六月越中の守として赴任（二十八歳）十月、都で下道真備が吉備真備となる。年末頃より三月まで家持は病に伏せる
「病往来」

749　二月二十二日陸奥から初めて黄金を貢進した
「あはれその鳥」「家持の落胆」

750　引き続き家持は越中守
「越の堅香子」

751　家持、少納言に転任せられ越中を去る
「禁足せられし時の歌」「七夕歌」「絆を結ばれ」

755　二月、難波で防人の検察があり、家持はそこで歌を収集する
「戯れ歌」「言申さずて」

756　二月聖武太上天皇河内離宮～難波宮～河内で宴
三月大原今城宅で宴あり家持出席
五月、聖武太上天皇亡くなられる
十一月大伴池主の宅で宴を開いた。家持出席

757　正月六日　橘朝臣諸兄が亡くなられる
六月橘奈良麻呂の乱
十二月三形王宅で宴、家持出席

758　二月中臣清麿宅で宴、家持出席
大原真人宅で宴、家持出席
二月仲麻呂宅で渤海大使を選別する宴。家持出席するが歌は提出せず
六月十六日大伴家持は因幡守に任じられる
七月大原今城宅で餞別の宴
「相か別れむ」

759　正月一日　因幡国役所で国郡の役人たちに賜饗した。四十一歳
「いや重け吉言」

785　八月大伴家持死去。九月藤原種継暗殺事件

806　平城天皇の恩赦を受けて、家持従三位に復する

エクセルによる集計表

掲載人名	巻1	
大伴家持	0	0%
家持関連	7	8%
一般の歌	67	80%
作者不明	10	12%
歌集より	0	0%
	84	

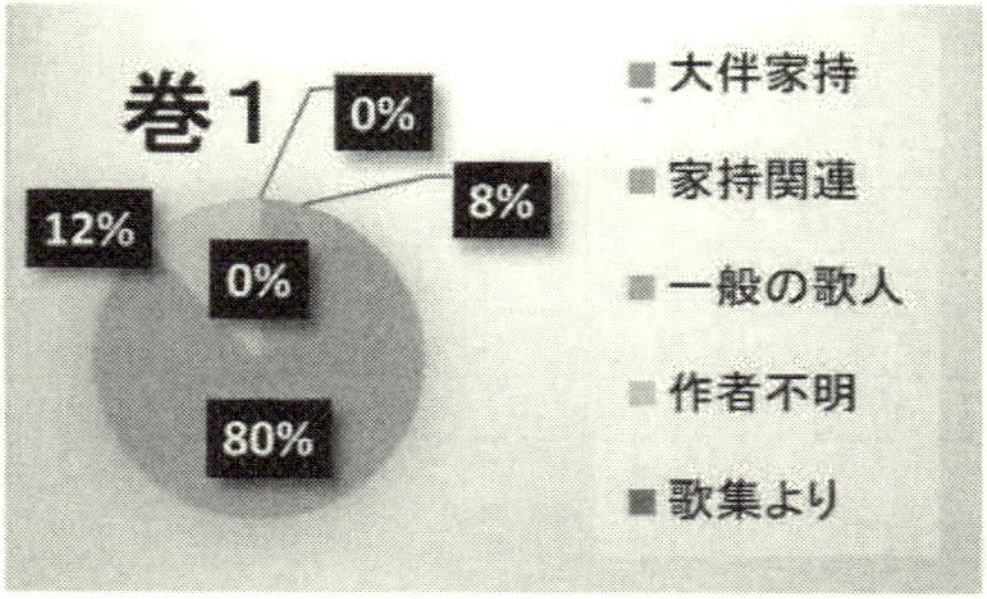

掲載人名	巻2	
大伴家持	0	0%
家持関連	38	25%
一般の歌	103	69%
作者不明	3	2%
歌集より	6	4%
	150	

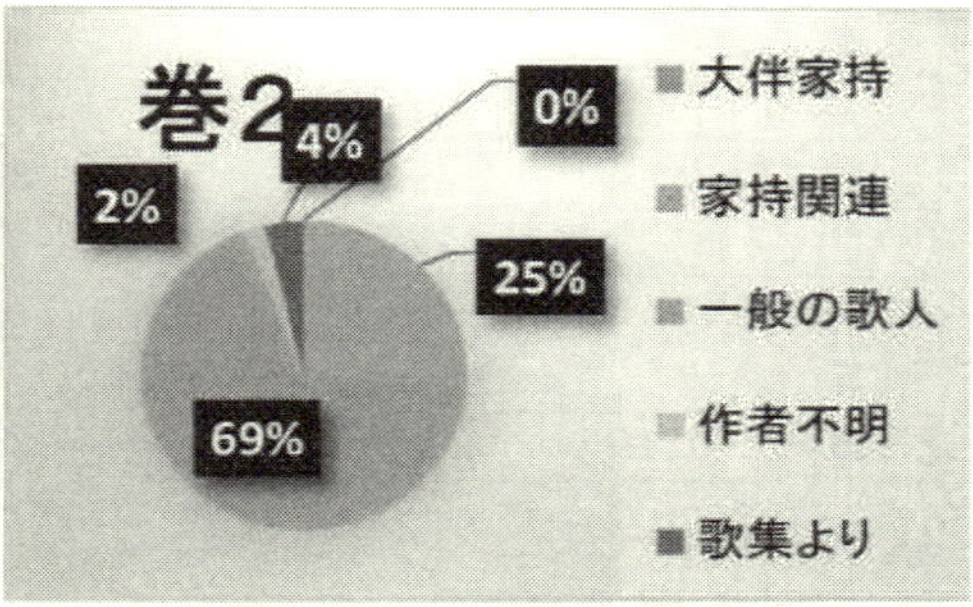

掲載人名	巻3	
大伴家持	23	9%
家持関連	78	31%
一般の歌	137	55%
作者不明	6	3%
歌集より	5	2%
	249	

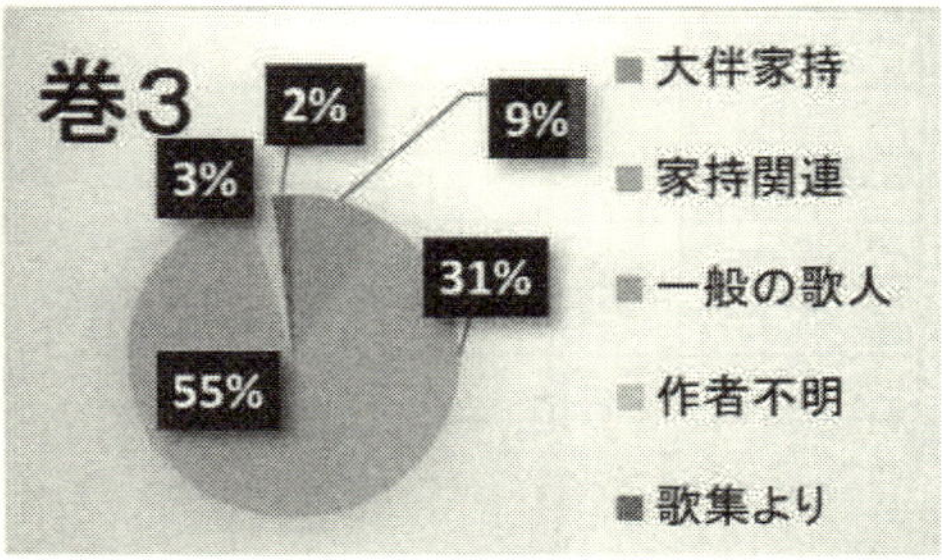

掲載人名	巻4	
大伴家持	64	21%
家持関連	159	51%
一般の歌	70	23%
作者不明	16	5%
歌集より	0	0%
	309	

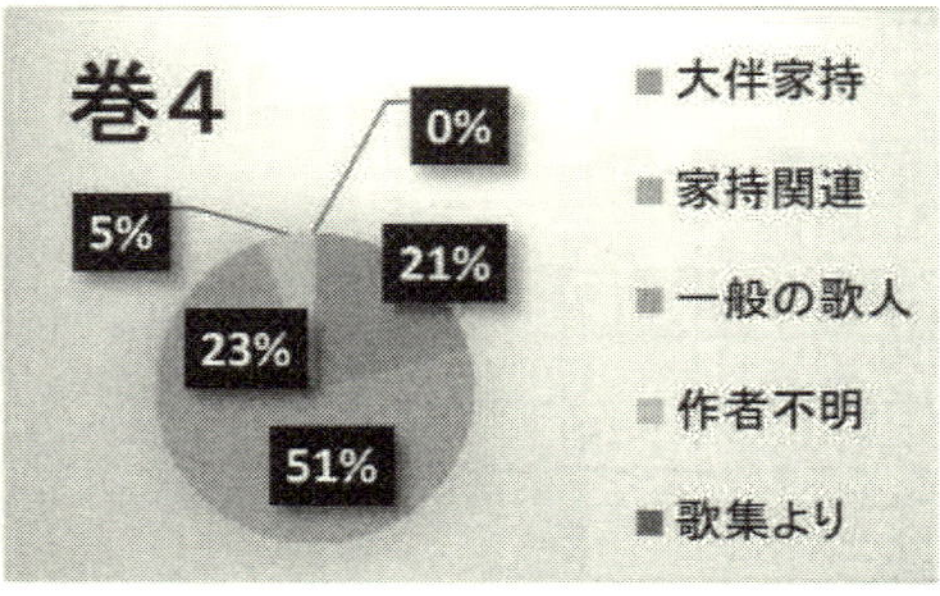

掲載人名	巻5	
大伴家持	0	0%
家持関連	114	100%
一般の歌	0	0%
作者不明	0	0%
歌集より	0	0%
	114	

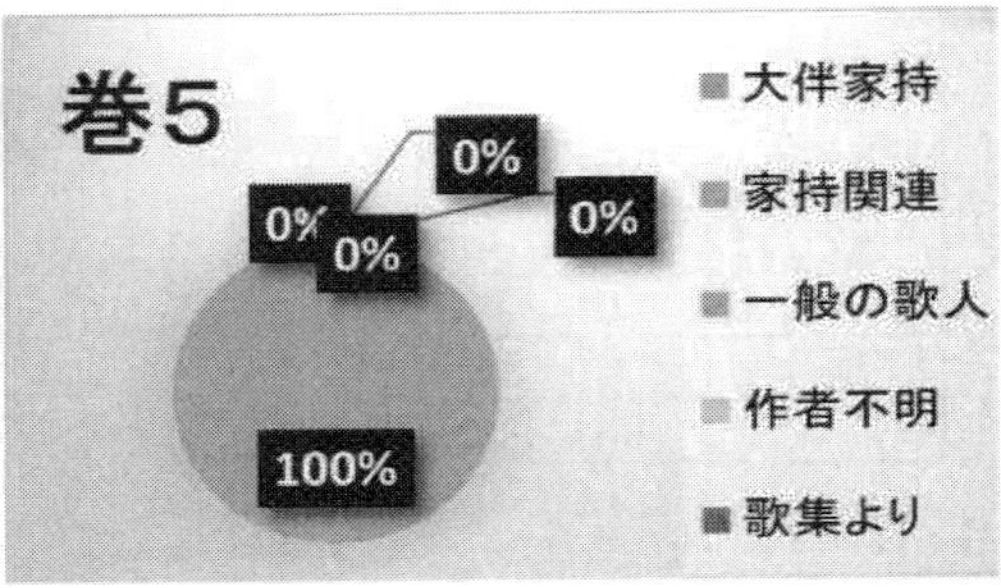

掲載人名	巻6	
大伴家持	9	6%
家持関連	44	27%
一般の歌	71	44%
作者不明	12	7%
歌集より	25	16%
	161	

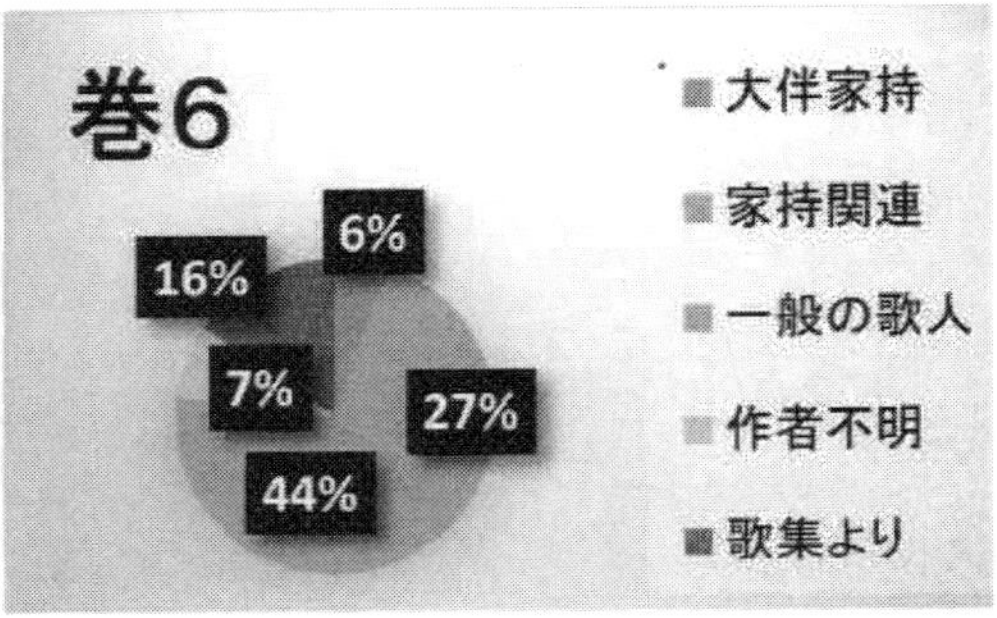

掲載人名	巻7	
大伴家持		0%
家持関連	7	2%
一般の歌	0	0%
作者不明	233	67%
歌集より	110	31%
	350	

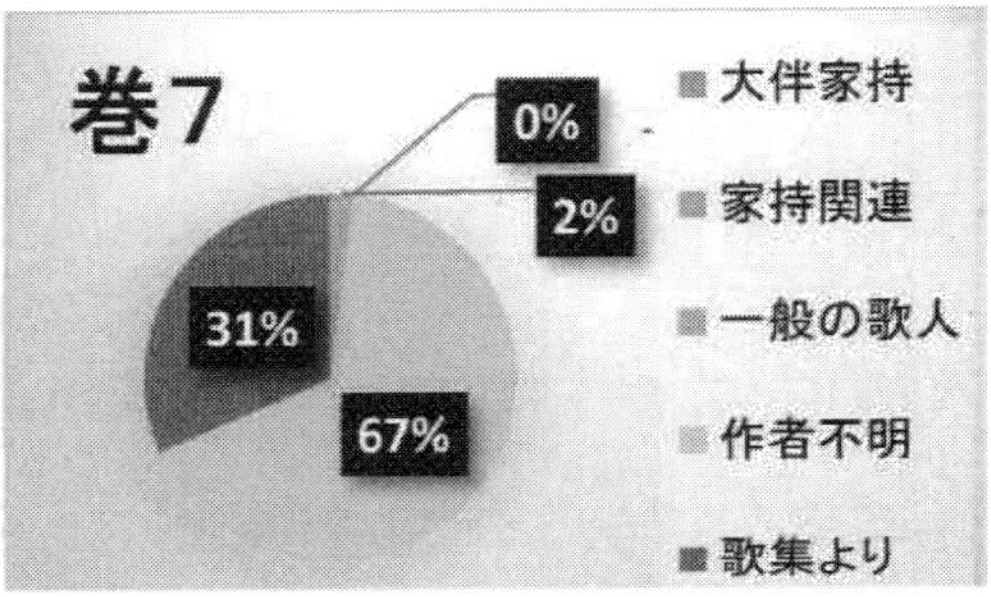

掲載人名	巻8	
大伴家持	50	20%
家持関連	121	49%
一般の歌	59	24%
作者不明	15	6%
歌集より	1	1%
	246	

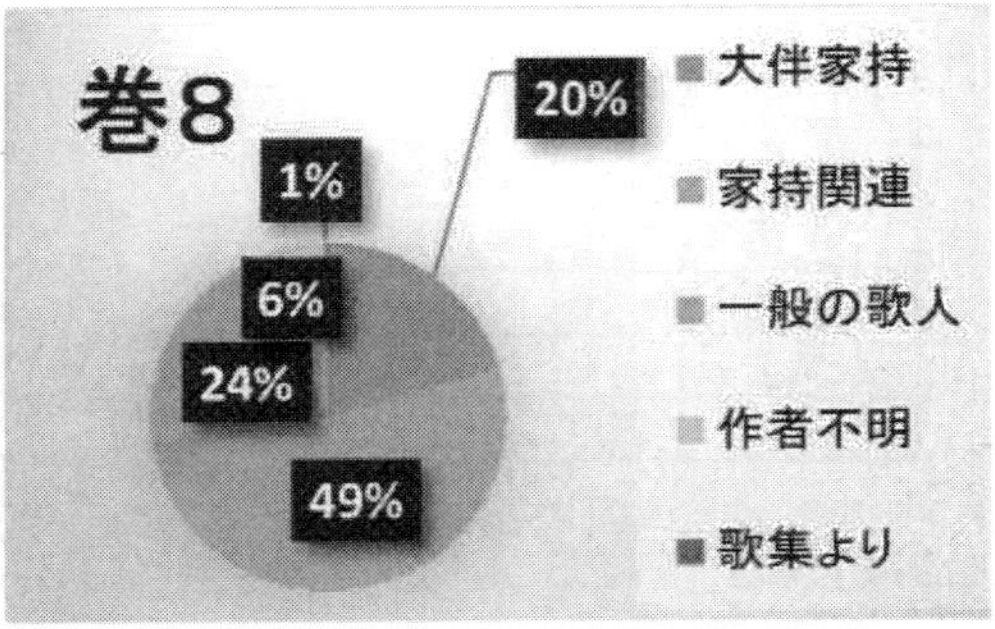

掲載人名	巻9	
大伴家持	0	0%
家持関連	1	0%
一般の歌	16	11%
作者不明	50	34%
歌集より	81	55%
	148	

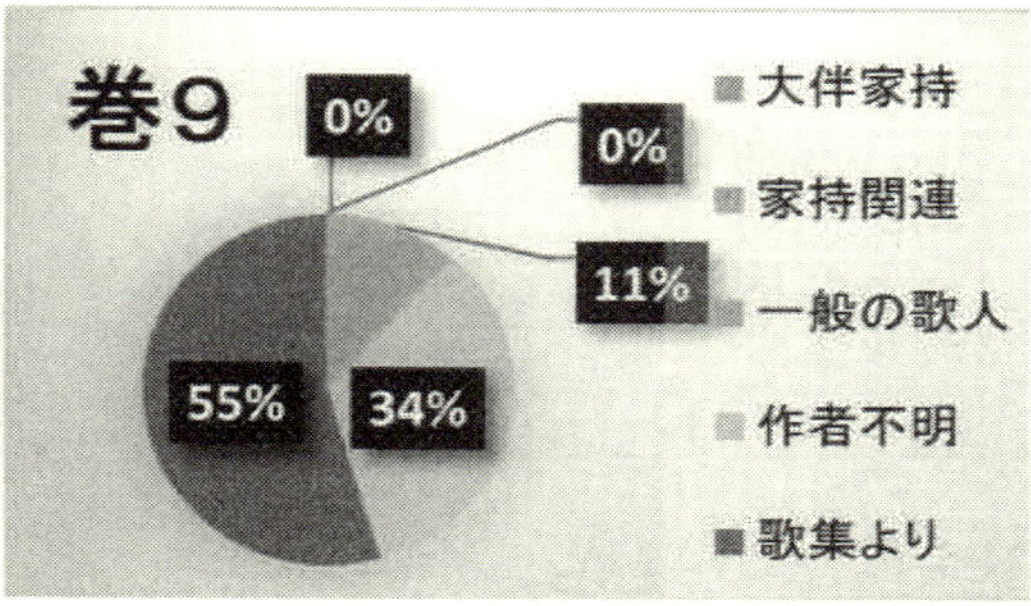

掲載人名	巻10	
大伴家持	0	0%
家持関連	0	0%
一般の歌	0	0%
作者不明	468	87%
歌集より	71	13%
	539	

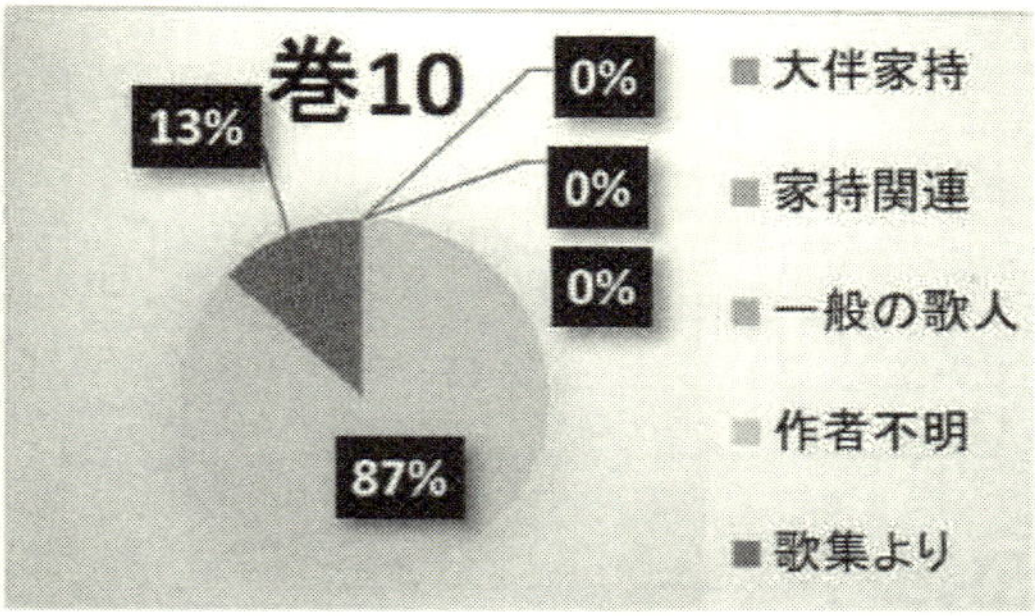

掲載人名	巻11	
大伴家持	0	0%
家持関連	0	0%
一般の歌	1	0%
作者不明	321	66%
歌集より	168	34%
	490	

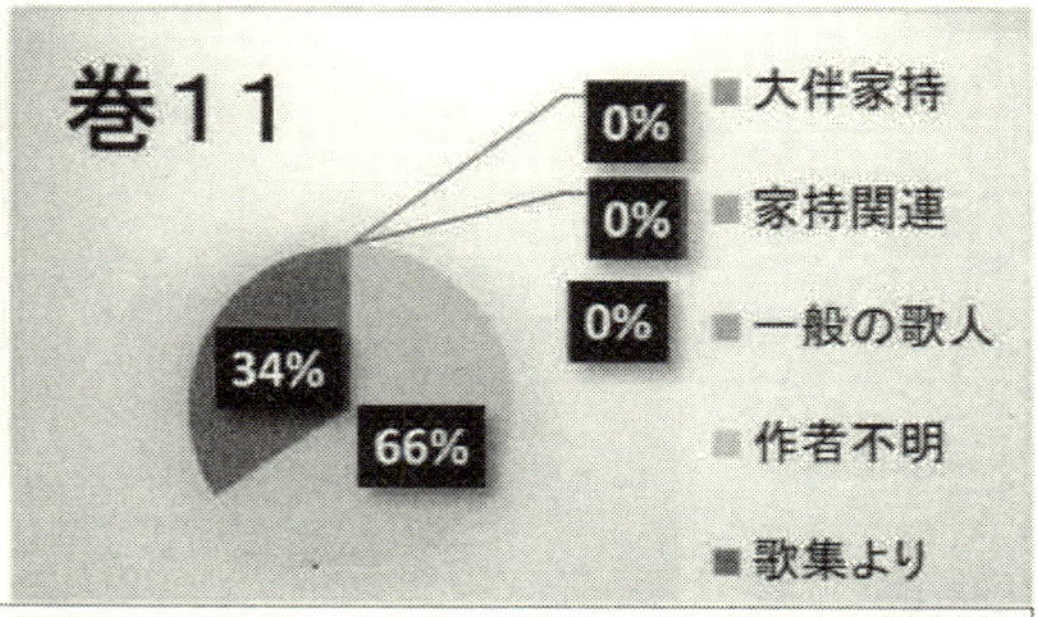

掲載人名	巻12	
大伴家持	0	0%
家持関連	0	0%
一般の歌	1	0%
作者不明	352	93%
歌集より	27	7%
	380	

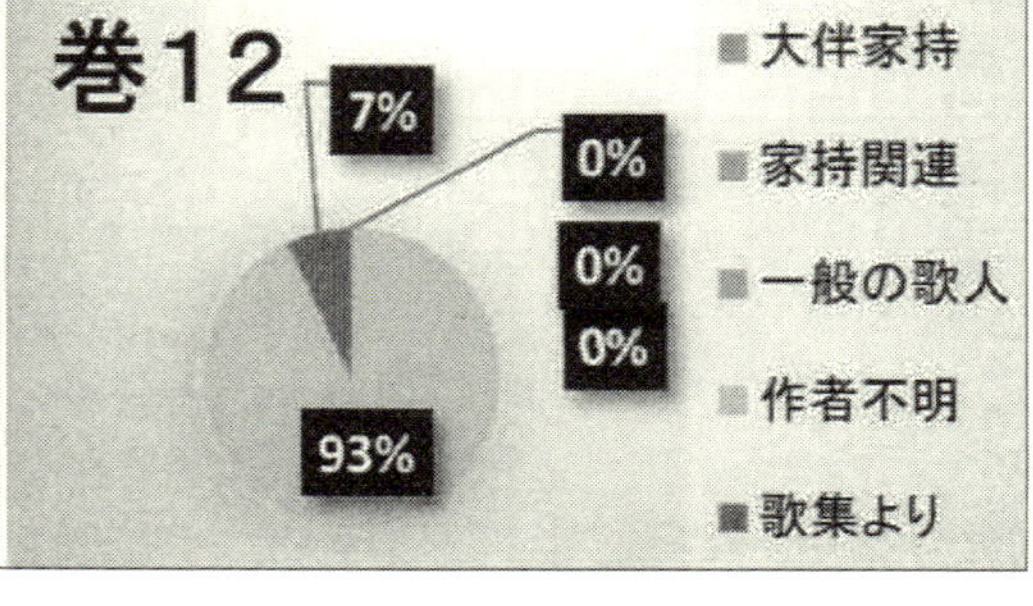

掲載人名	巻13	
大伴家持	0	0%
家持関連	0	0%
一般の歌	0	0%
作者不明	124	98%
歌集より	3	2%
	127	

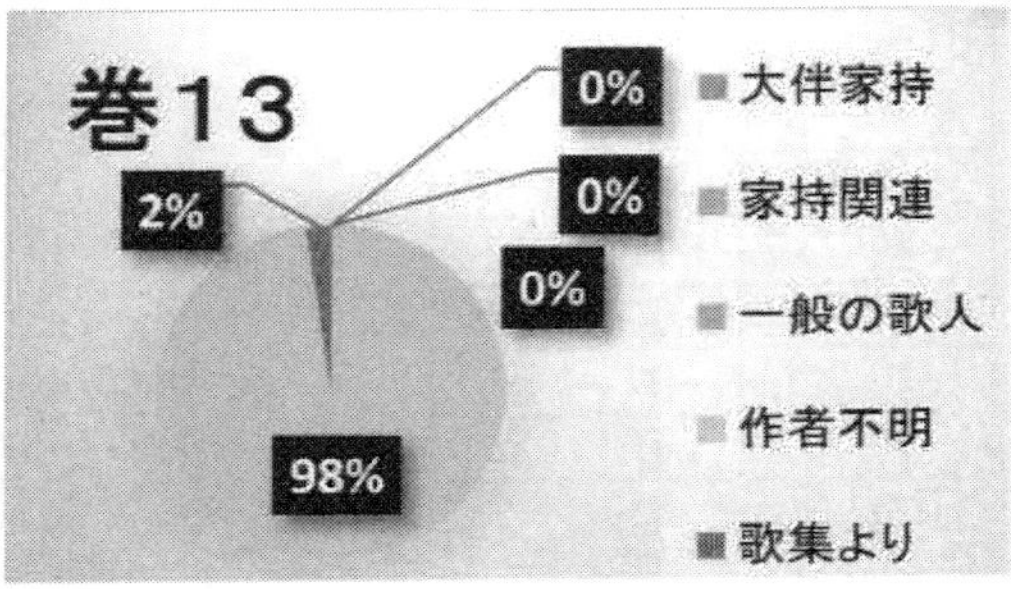

掲載人名	巻14	
大伴家持	0	0%
家持関連	0	0%
一般の歌	0	0%
作者不明	226	98%
歌集より	4	2%
	230	

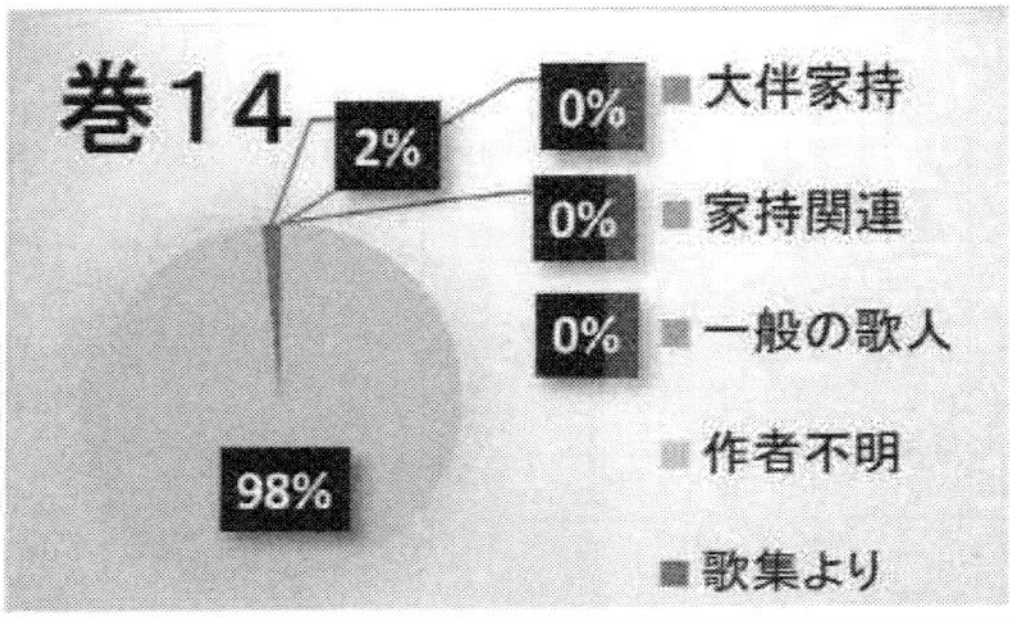

掲載人名	巻15	
大伴家持	0	0%
家持関連	5	2%
一般の歌	91	44%
作者不明	113	54%
歌集より	0	0%
	209	

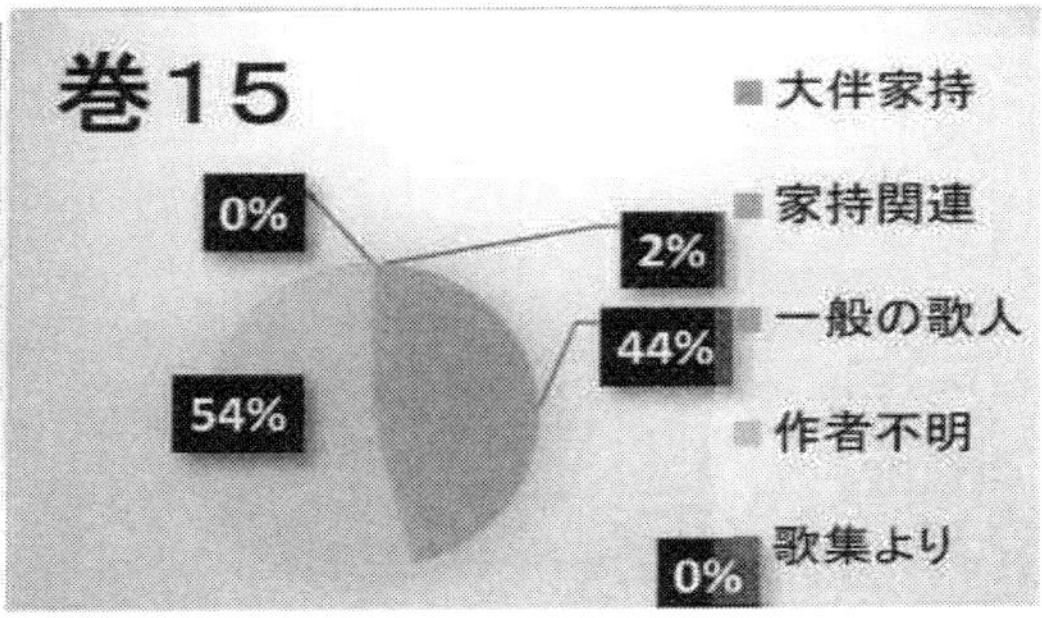

掲載人名	巻16	
大伴家持	2	2%
家持関連	6	6%
一般の歌	22	21%
作者不明	70	69%
歌集より	2	2%
	102	

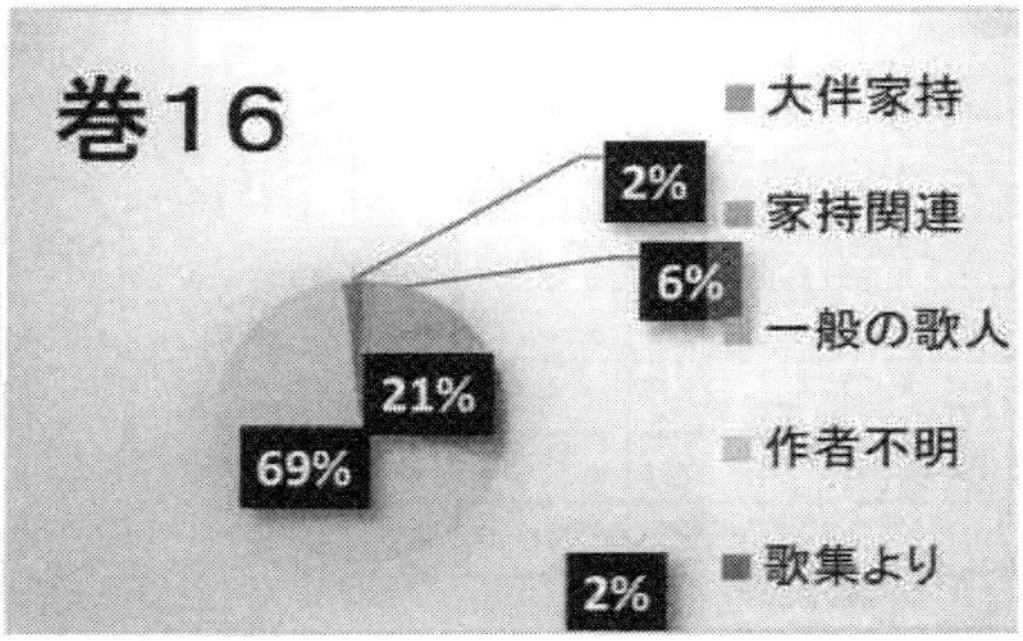

掲載人名	巻17	
大伴家持	77	54%
家持関連	41	29%
一般の歌	15	11%
作者不明	9	6%
歌集より	0	0%
	142	

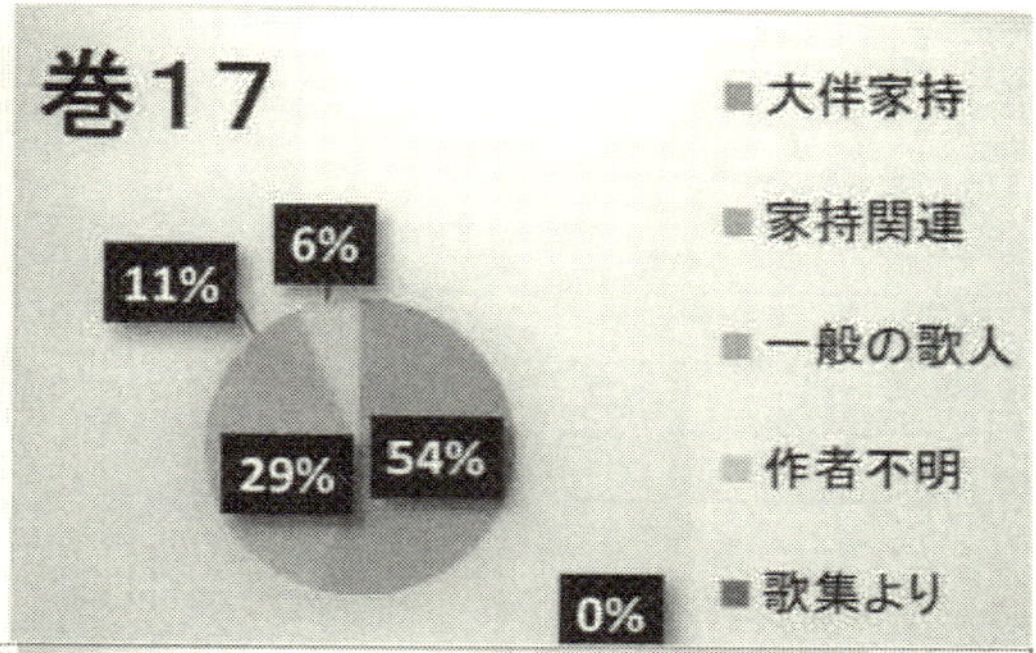

掲載人名	巻18	
大伴家持	69	64%
家持関連	30	28%
一般の歌	4	4%
作者不明	5	4%
歌集より	0	
	108	

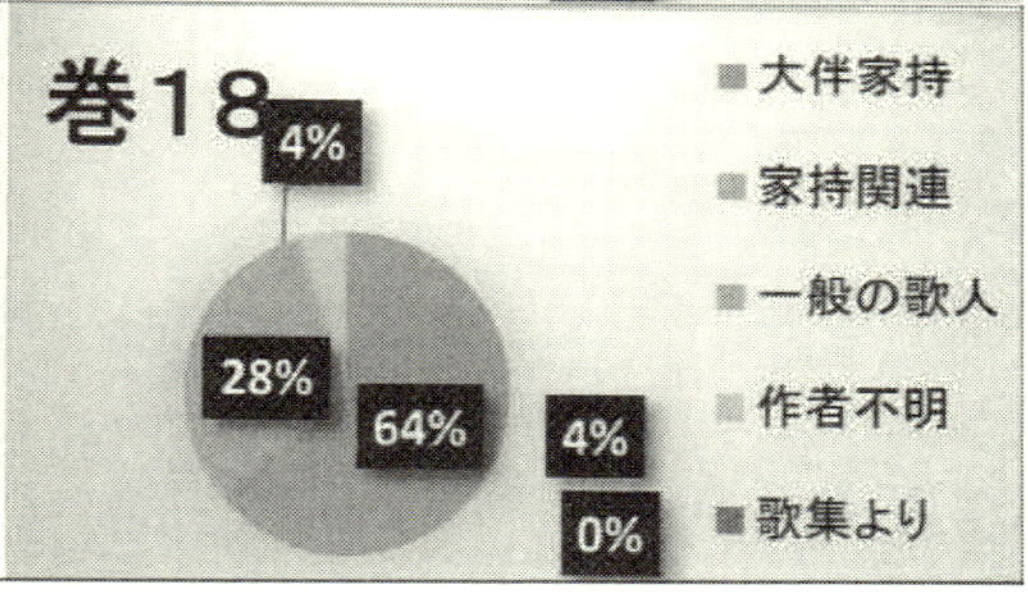

掲載人名	巻19	
大伴家持	105	68%
家持関連	38	25%
一般の歌	3	2%
作者不明	8	5%
歌集より	0	0%
	154	

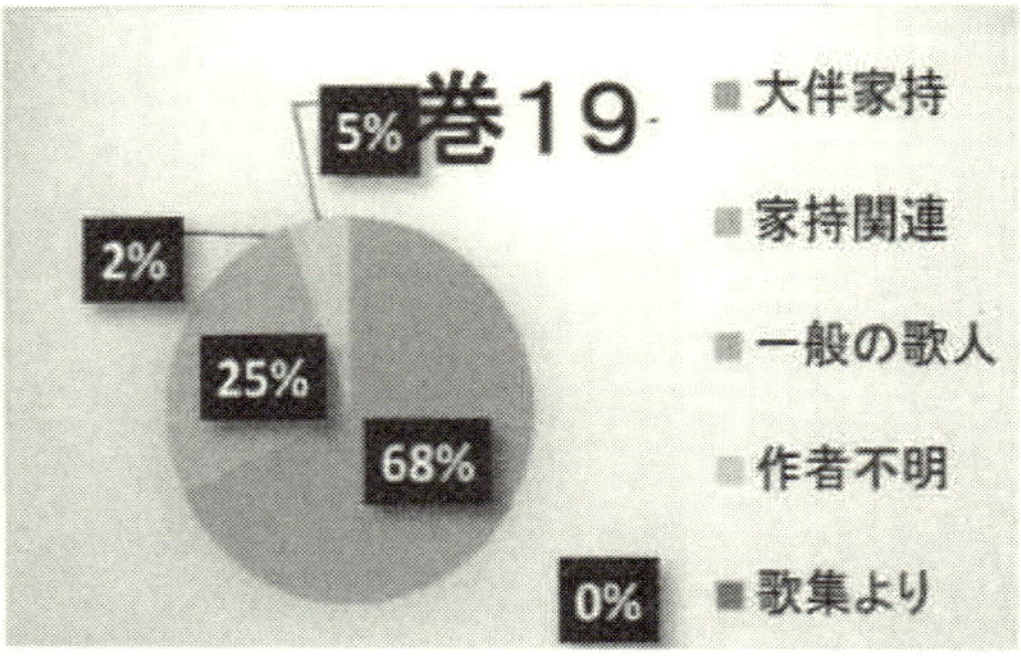

掲載人名	巻20	
大伴家持	77	35%
家持関連	144	64%
一般の歌	3	1%
作者不明	0	0%
歌集より	0	0%
	224	

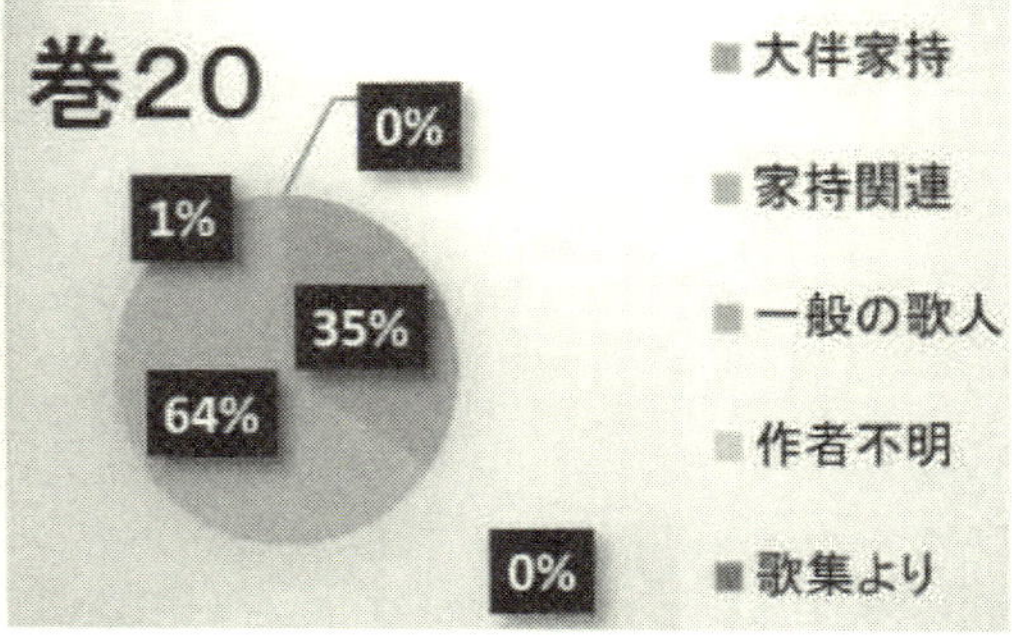

掲載人名	合計	
大伴家持	476	11%
家持関連	833	18%
一般の歌	663	15%
作者不明	2041	45%
歌集より	503	11%
	4516	

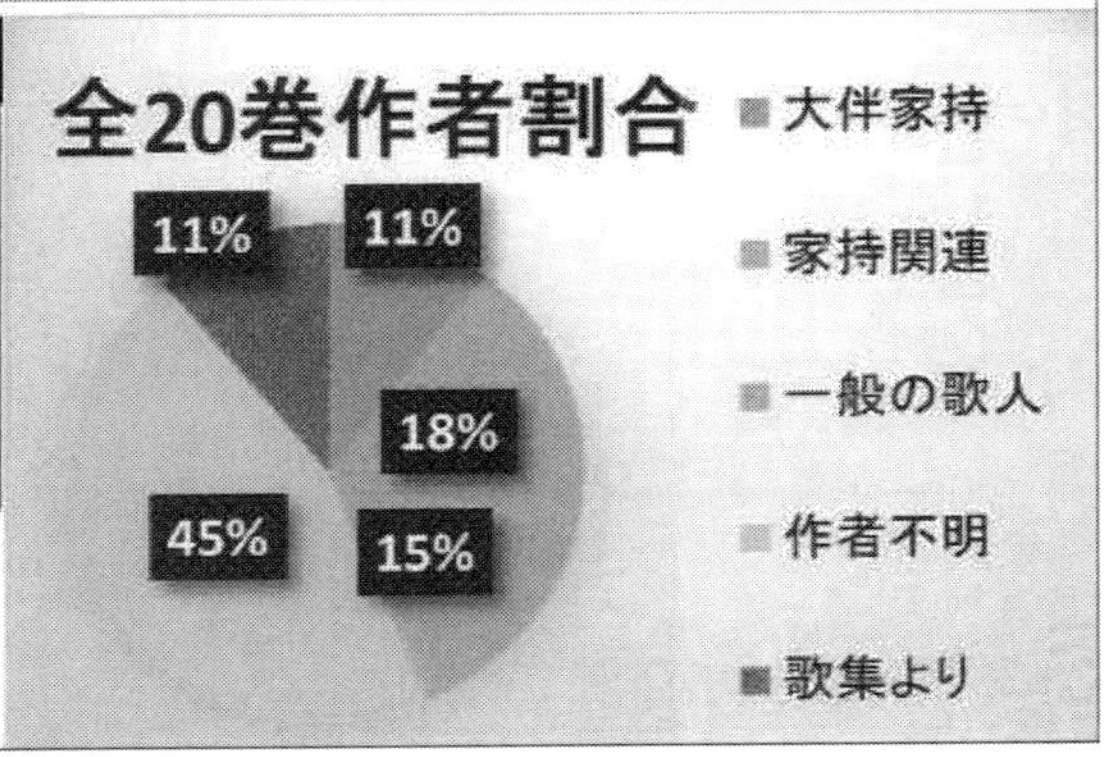

掲載人名	もしも巻1	
大伴家持	1946	43%
家持関連	833	18%
一般の歌	663	15%
作者不明	571	13%
歌集より	503	11%
	4516	

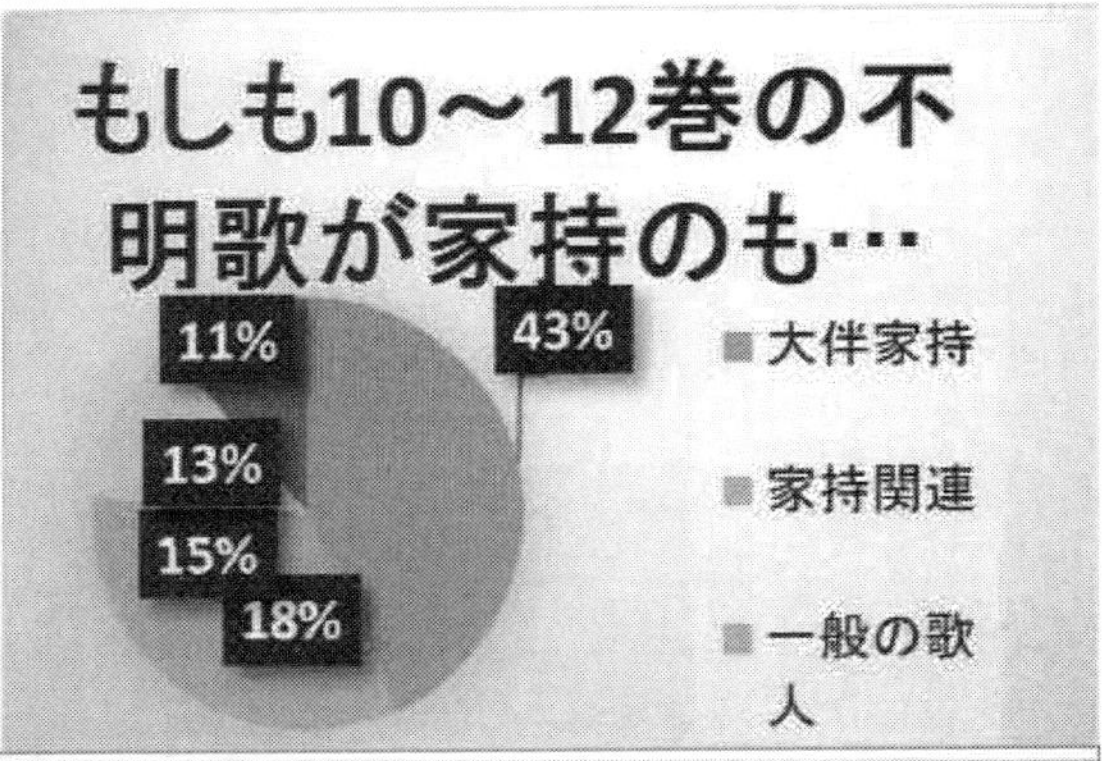

掲載人名	もしも巻2	
大伴家持	1946	43%
家持関連	1016	22%
一般の歌	493	11%
作者不明	558	13%
歌集より	503	11%
	4516	

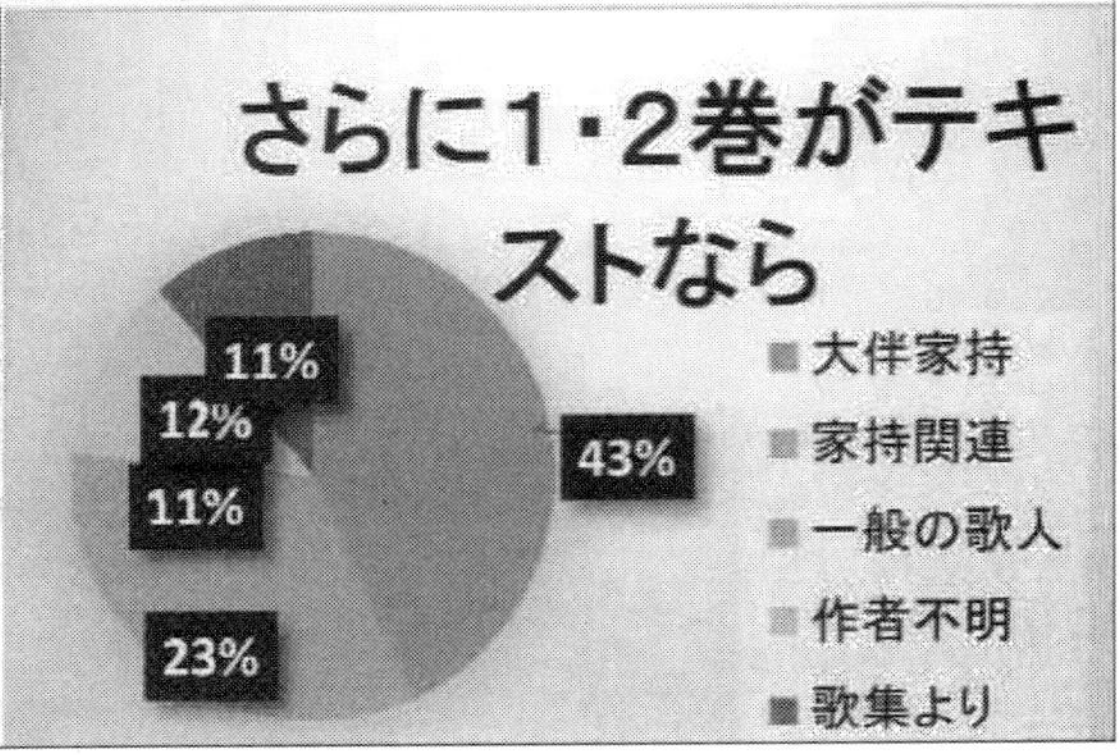

藤原鎌足周辺と武智麻呂から仲麻呂への家系図

古代史は藤原氏を抜きにしては語れません。ウィキペディアを参考にして家系図を作りました。最初は藤原鎌足を中心にしたもの、それから不比等の四兄弟を中心においたものです。いかに繁茂していたかがわかります。

図の色の薄いのは女性です。

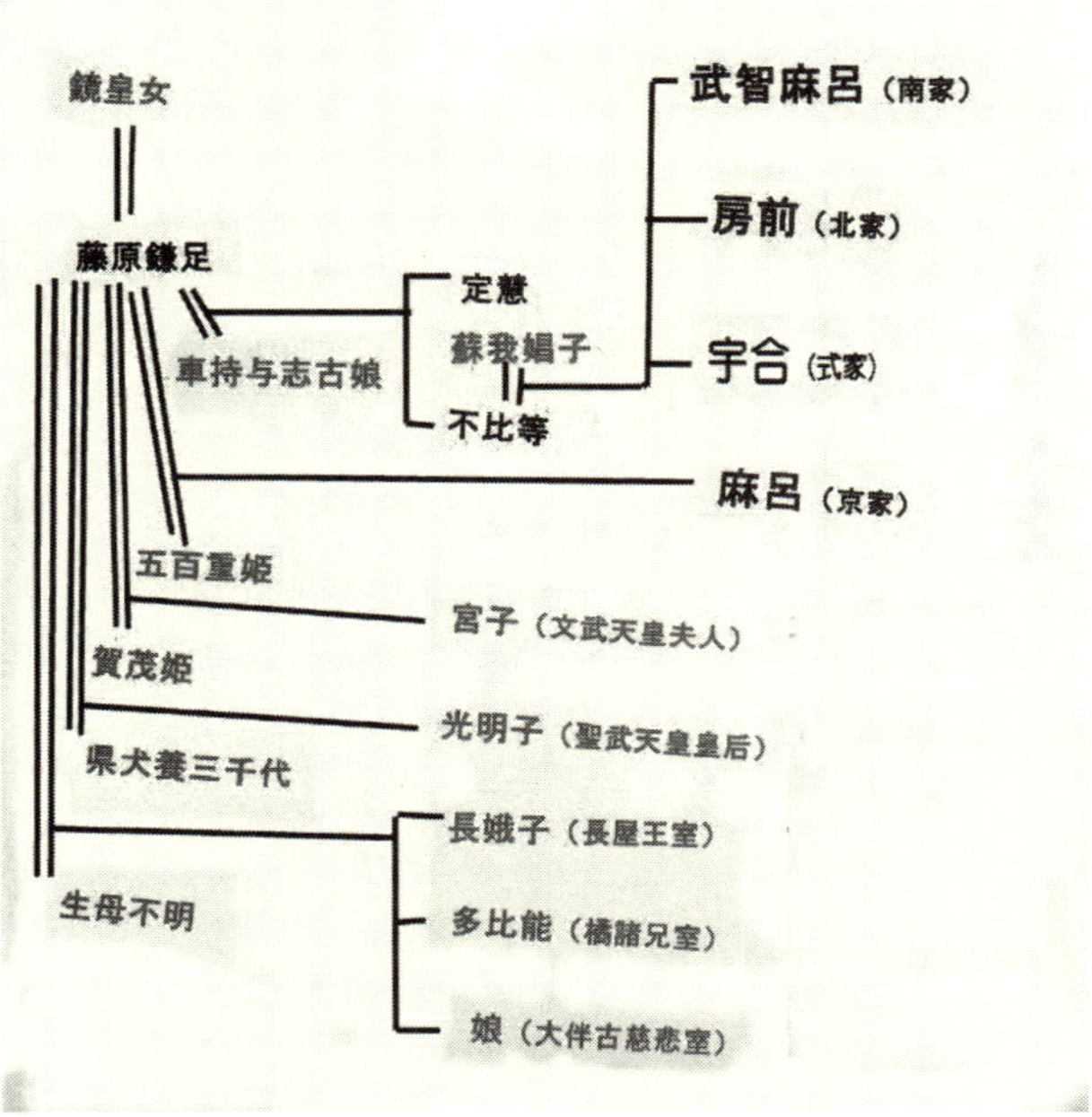

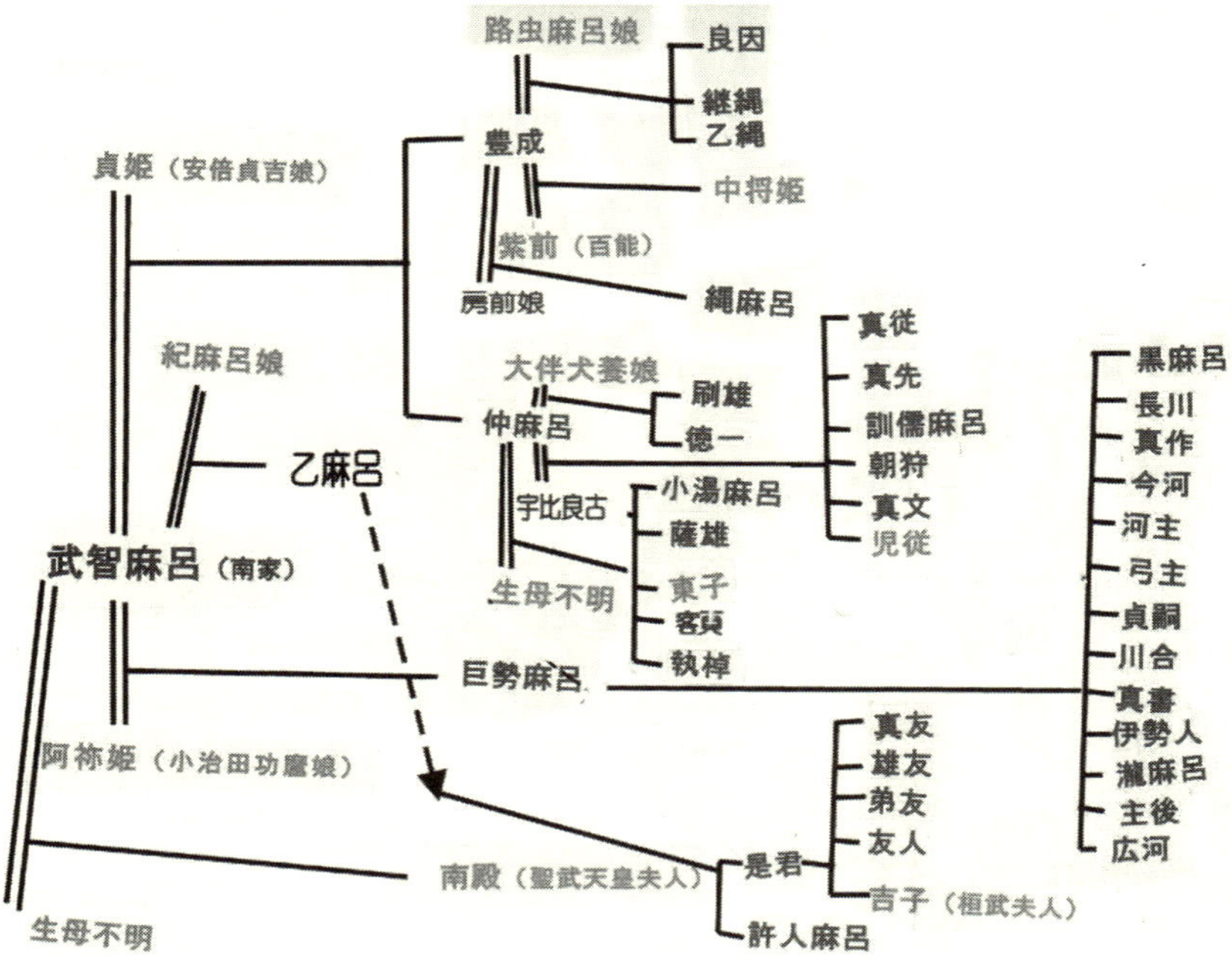

藤原房前・藤原宇合家系図

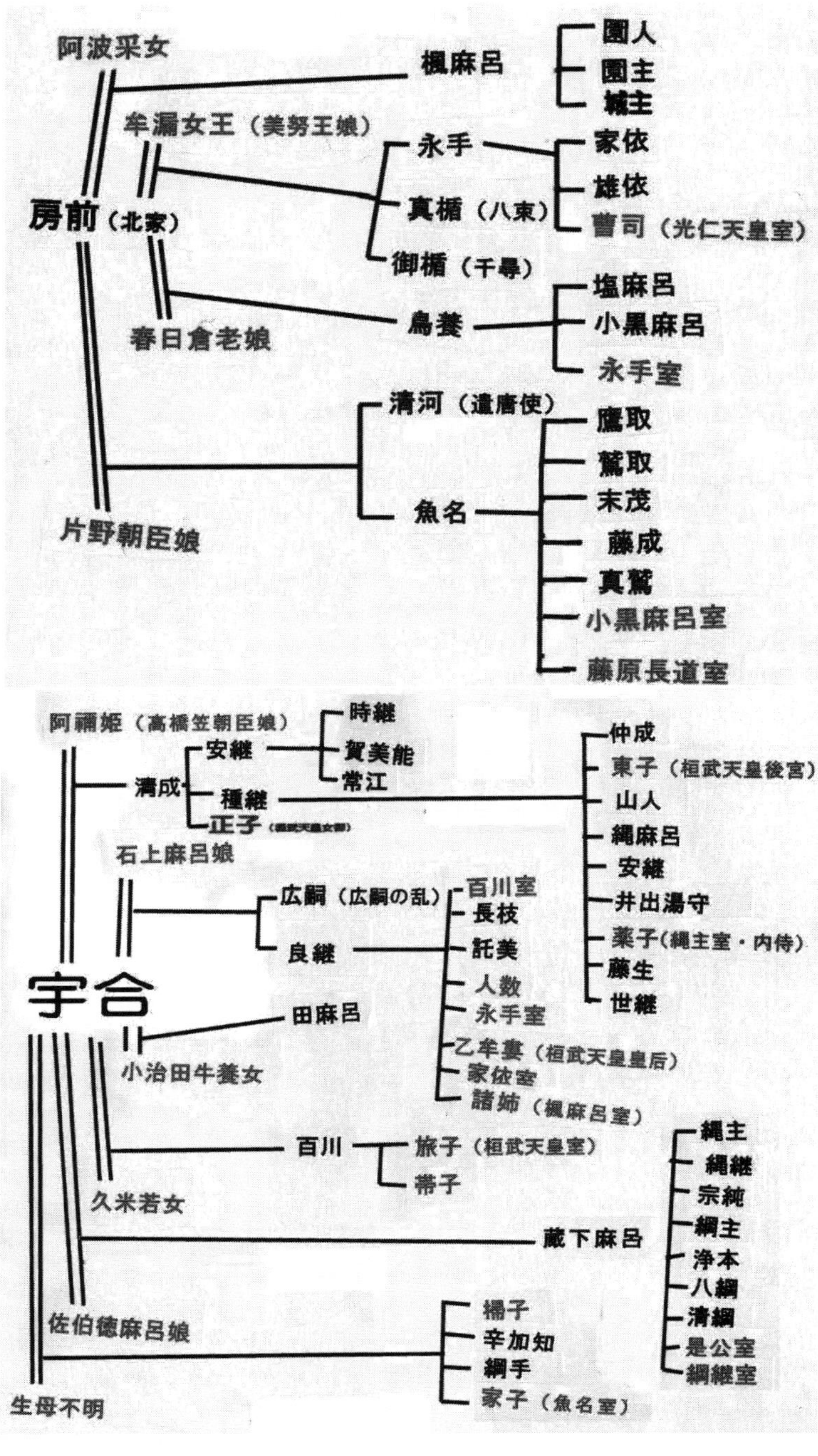

藤原麻呂家系図

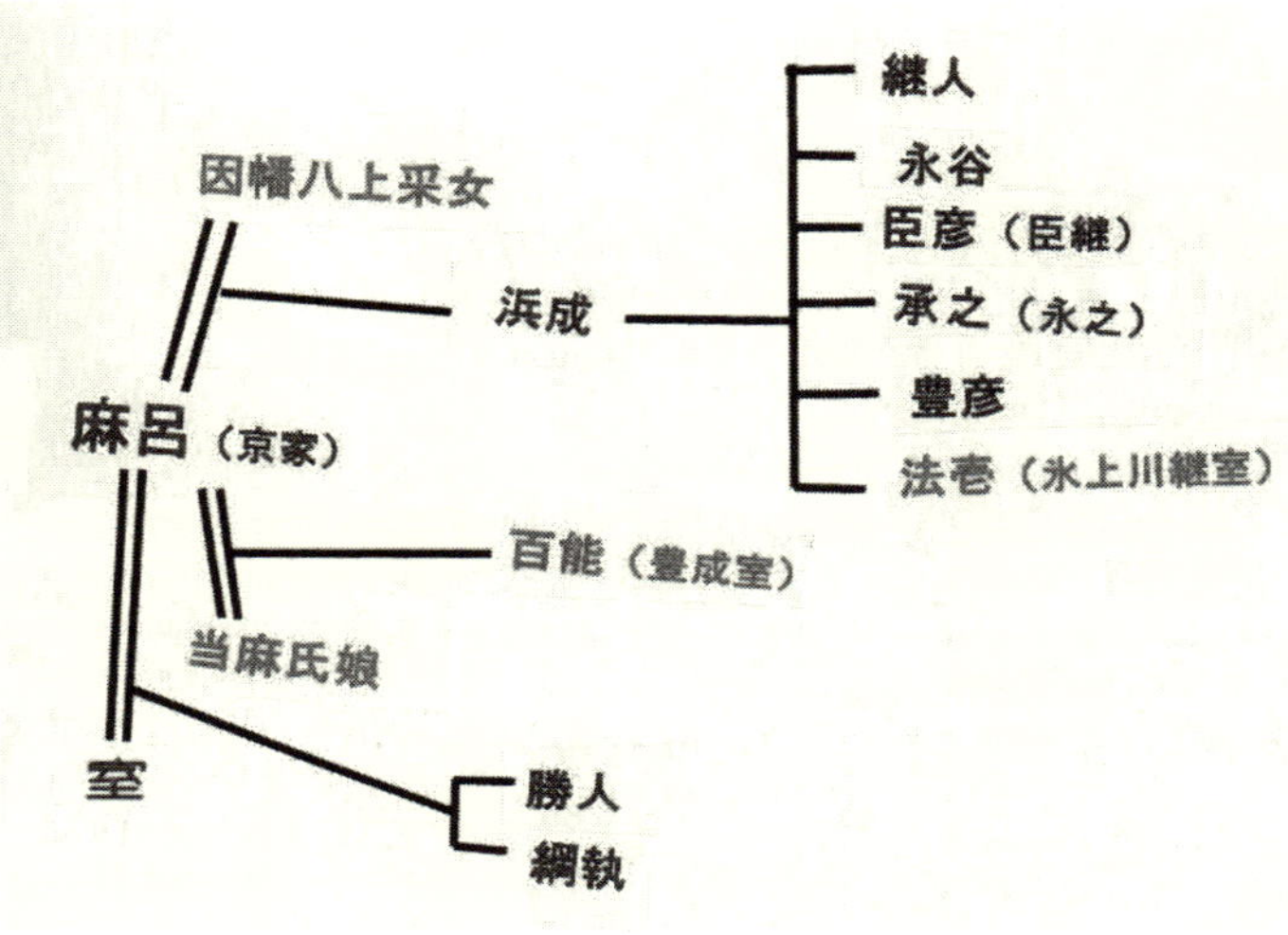

万葉集に載っている歌集

『柿本人麻呂歌集』３３５首（他に柿本人麻呂歌93首）

『笠金村歌集』13首（他に笠金村歌13首）

『古歌集』65首

『古記による』25首（これは歌集ではなく記録）

『高橋虫麻呂歌集』34首（高橋虫麻呂歌２首）

『田辺福麻呂歌集』31首（田辺福麻呂歌13首）

参考図書等

『古典日本文学全集』（筑摩書房）上・下

『万葉集一～四』（講談社）中西進

『日本書紀上・下』（講談社学術文庫）宇治谷孟

『続日本紀上・中・下』（講談社学術文庫）宇治谷孟

『万葉集年表』（桜楓社）

『古代歌謡の現場』（教育出版センター）安西均

『萬葉集とその世紀』上・中・下（新潮社）北山茂夫

『日本詩人選5　大伴家持』（筑摩書房）山本健吉

『越中万葉をたどる』（笠間書院）高岡市万葉歴史館

インターネット

「ウィキペディア」

「たのしい万葉集」

「万葉集を読む」

「こよみのページ―和暦年表」

天智天皇家系図

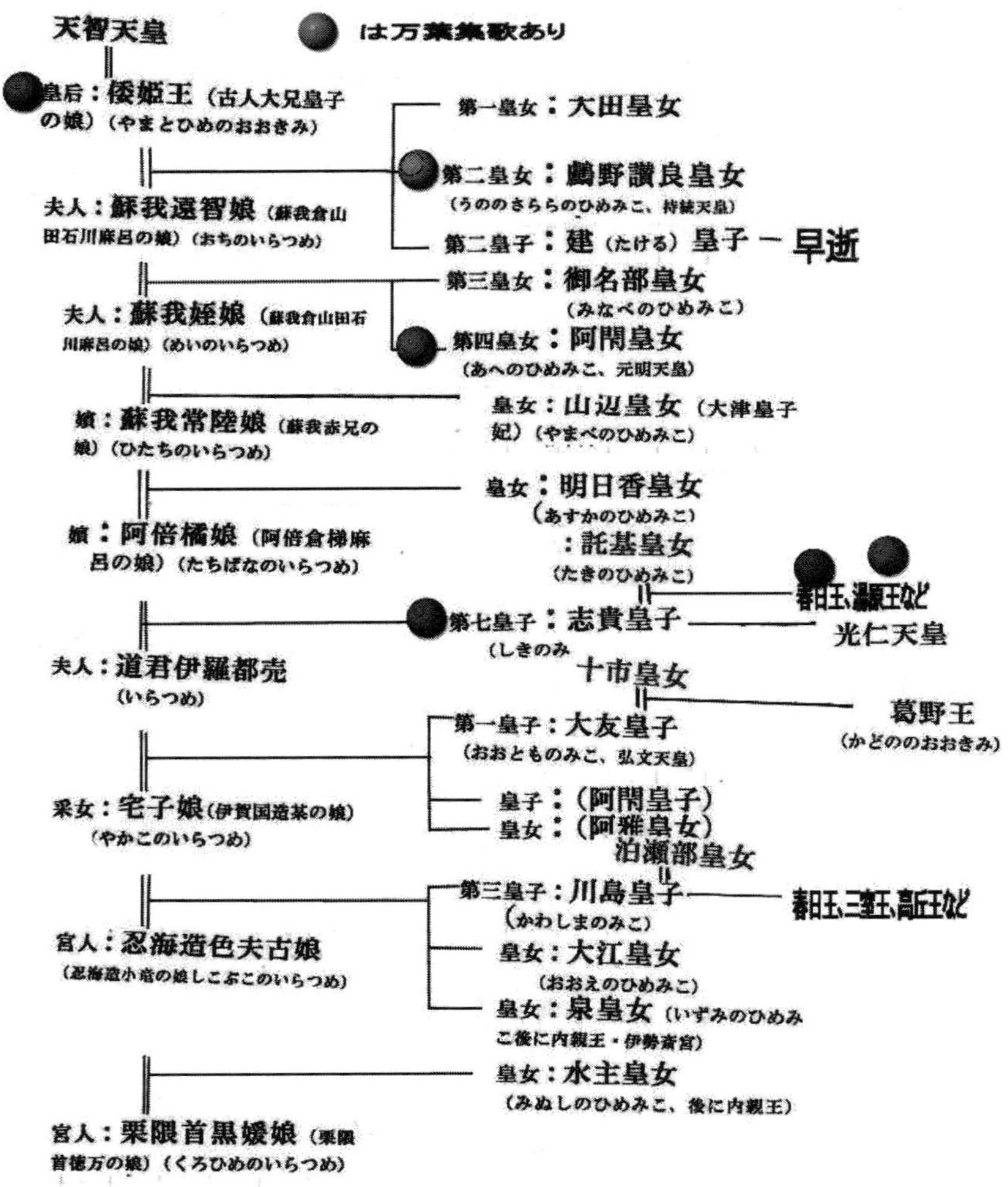
天智天皇
は万葉集歌あり
皇后：倭姫王（古人大兄皇子の娘）（やまとひめのおおきみ）
夫人：蘇我遠智娘（蘇我倉山田石川麻呂の娘）（おちのいらつめ）
夫人：蘇我姪娘（蘇我倉山田石川麻呂の娘）（めいのいらつめ）
嬪：蘇我常陸娘（蘇我赤兄の娘）（ひたちのいらつめ）
嬪：阿倍橘娘（阿倍倉梯麻呂の娘）（たちばなのいらつめ）
夫人：道君伊羅都売（いらつめ）
采女：宅子娘（伊賀国造某の娘）（やかこのいらつめ）
宮人：忍海造色夫古娘（忍海造小竜の娘しこぶこのいらつめ）
宮人：栗隈首黒媛娘（栗隈首徳万の娘）（くろひめのいらつめ）
第一皇女：大田皇女
第二皇女：鸕野讃良皇女（うののさららのひめみこ、持統天皇）
第二皇子：建（たける）皇子 ー 早逝
第三皇女：御名部皇女（みなべのひめみこ）
第四皇女：阿閇皇女（あへのひめみこ、元明天皇）
皇女：山辺皇女（大津皇子妃）（やまべのひめみこ）
皇女：明日香皇女（あすかのひめみこ）
：託基皇女（たきのひめみこ）
春日王、湯原王など
第七皇子：志貴皇子（しきのみ
光仁天皇
十市皇女
葛野王（かどののおおきみ）
第一皇子：大友皇子（おおとものみこ、弘文天皇）
皇子：（阿閇皇子）
皇女：（阿雅皇女）
泊瀬部皇女
第三皇子：川島皇子（かわしまのみこ）
春日王、三室王、高丘王など
皇女：大江皇女（おおえのひめみこ）
皇女：泉皇女（いずみのひめみこ後に内親王・伊勢斎宮）
皇女：水主皇女（みぬしのひめみこ、後に内親王）

天武天皇家系図

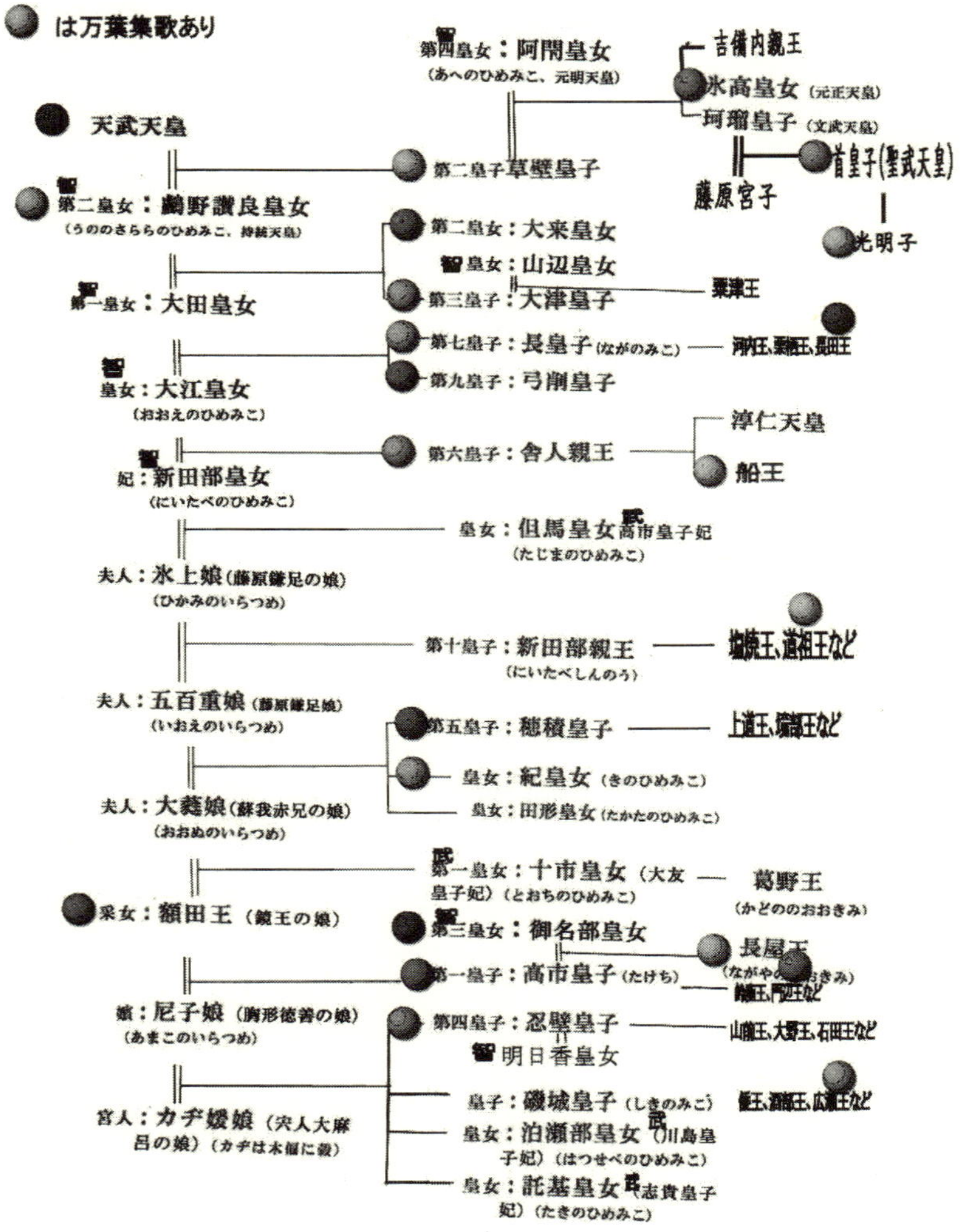

は万葉集歌あり
天武天皇
智 第二皇女：鸕野讃良皇女（うののさららのひめみこ、持統天皇）
智 第一皇女：大田皇女
智 皇女：大江皇女（おおえのひめみこ）
智 妃：新田部皇女（にいたべのひめみこ）
夫人：氷上娘（藤原鎌足の娘）（ひかみのいらつめ）
夫人：五百重娘（藤原鎌足娘）（いおえのいらつめ）
夫人：大蕤娘（蘇我赤兄の娘）（おおぬのいらつめ）
采女：額田王（鏡王の娘）
嬪：尼子娘（胸形徳善の娘）（あまこのいらつめ）
宮人：カヂ媛娘（宍人大麻呂の娘）（カヂは木偏に穀）
智 第四皇女：阿閇皇女（あへのひめみこ、元明天皇）
第二皇子草壁皇子
吉備内親王
氷高皇女（元正天皇）
珂瑠皇子（文武天皇）
藤原宮子
首皇子（聖武天皇）
光明子
第二皇女：大来皇女
智 皇女：山辺皇女
第三皇子：大津皇子
粟津王
第七皇子：長皇子（ながのみこ）
河内王、栗栖王、長田王
第九皇子：弓削皇子
第六皇子：舎人親王
淳仁天皇
船王
皇女：但馬皇女 武 高市皇子妃（たじまのひめみこ）
第十皇子：新田部親王（にいたべしんのう）
塩焼王、道祖王など
第五皇子：穂積皇子
上道王、境部王など
皇女：紀皇女（きのひめみこ）
皇女：田形皇女（たかたのひめみこ）
武 第一皇女：十市皇女（大友皇子妃）（とおちのひめみこ）
葛野王（かどののおおきみ）
智 第三皇女：御名部皇女
長屋王（ながやのおおきみ）
鈴鹿王、門部王など
第一皇子：高市皇子（たけち）
第四皇子：忍壁皇子
山前王、大野王、石田王など
智 明日香皇女
皇子：磯城皇子（しきのみこ）
皇女：泊瀬部皇女 武（川島皇子妃）（はつせべのひめみこ）
皇女：託基皇女 武（志貴皇子妃）（たきのひめみこ）

あとがき

中の文章にも書いているが、私は万葉集を二〇一一年に入ってから俄に勉強を始めた。最初は誰もが通る雄略天皇の「こもよ　みこもち……」の歌からだった。フクシで菜を摘むとあって、春の野でどんな菜を摘んでいるのかと思った。摘むといっても根を掘る道具のようなので、古代にもあったと思われる「堅香子（かたくり）」に比定してみたら、そこに頬を染めた初々しい乙女が立ち上がってきた。

次に書いた「大口の真神の原を」という詩ではその場所を確定できず色々調べたが、とりあえず古い都の飛鳥あたりとして、戸も建てかね、わら筵を戸にしているような家に、妻問いの男が訪れる情景が浮かんできた。地域的には違いがあるが、私の育った開拓地のあばら屋に吹きつける春の嵐の凄まじい音と、雲の流れも。

万葉歌のなかの何かに拘って調べて、あるいは妄想して書き継いでみると、やはりこの万葉集というのはただものではないと思うようになった。作品の時代が錯綜しているので、これは時代順に並べたらどうなるか、また作者同士の関係はどうなっているのか気になることがたくさん出てきた。

二〇一六年に兵庫県現代詩協会で講演の依頼が来たとき、その詞書に従って作者分布の表をエクセルで作ることを思いついた。何度か本書にも書いている仮説を確認するためだった。その作者が家持とどういう関係を持った人なのか。宴席で同席した人の歌をその事情と共に詳しく記している彼の記録癖に、ずいぶん助けられた。

また『続日本紀』の現代語訳をいちいち文書に写した。五十字×五十行の五十六頁である。藤原関係は青太字とし、大伴関係は黒太字とし、叙位から役職まで関係ありそうなところは全部写し、なかにその時詠われたと思う和歌を赤文字で書き込んだ。関連の年表もエクセルで作った。その歌人の生涯を横棒グラフで表すと歌人同士の接点を見つけることができるのだ。

主にウィキペディアを参考にしたのだが、大伴氏の親子関係をみながら系統図を作った。『続日本紀』に名前はあるが、その係累の分からない人もたくさんいた。藤原氏も同様にした。今は本当に恵まれた時代だ。昔だったら頭の中に刷り込むのは勿論、机の回りじゅうにメモを貼り巡らして執筆したことだろう。

昔、読むだけで覚えられない教科は一々紙に書いたものだったが、自分の字は汚いのでそれが後の役に立つということはなかった。しかし、パソコンの文字は違う。いつでも検索で探し出すことができるし、コピーアンドペーストで、どこへ書き込むこともできるのだ。第一キレイ！　これは感動的だ。

歌人の個人名を付した柿本人麻呂、大津皇子、志貴皇子、山上憶良などの項目は、今は亡くなられた直原弘道氏のエッセイ教室へ向けて書いた。すでに記憶の外になっている万葉時代の話を蒸し返して、メンバーには迷惑だったかもしれない。

万葉集って一体なんだったのだろうと思って、それを再把握するために自分が主宰している、「現代詩神戸」に最終章の「万葉集収録歌について」を七回にわたって巻一から巻二十までの特色を探して、連載した。

詞書ではなく、歌を読んだ。そのことによって家持が橘諸兄亡きあと、奈良麻呂の乱で友人や親戚を切り落とされ、切羽詰まってきた状況がよく分かった。「もう、ここらあたりでわが武門を守り抜く態勢に切り替えねば」と思ったのであろう。筆の力だけでは生き抜けないと、思ったかもしれない。

このエッセイ集をいよいよ纏めながら、家持の最後の頃を少し書き足しておくべきだと思った。時の桓武天皇は征討と新都造営に力を注いでいた。長岡京が急ピッチで造営されていた時、こともあろうに大伴継人、竹良《つくら》たちによる【藤原種継暗殺事件】は起こされた。家持も罪を問われて、すでに死んでいたのに罰されたのだ。これは万葉集にとって、生死の分かれ目だったと思う。このことと、この頃の東北政治のことを追加で書き足した。

この二〇一八年の春に、再び遠野や北上に行った。北上では一日がかりの詩朗読会「おお　言葉の花が咲く四月」と命名された会が日本詩歌文学館の和室を借りて行われた。それに、私はこの万葉から作った詩と、昨年十月の朗読イベントのために作った、大伴家持のドピンク色の狩衣と黒い烏帽子も携えて行った。参加者全員がマイクの前に立った、まさに大朗読会だった。

表紙は、竹林館から提案のあった「多賀城万葉デジタルミュージアム」の絵を使わせていただいた。多賀城はまさに大伴家持の最後の任地であり、終焉の地でもある。この書では「十五　福島から仙台へ現代から過去へ」として現地へ訪れたことを書いているが、洋画家・故日下常由氏は多賀城政庁跡の発掘に遭遇、触発されたことを契機として『万葉集』を題材とした一連の絵画を描かれたそうだ。そして、この多賀城市万葉デジタルミュージアムに寄贈されたということだ。

この表紙は坂上郎女の歌、**心ぐき　ものにそありける　春がすみ　たなびく時に恋のしげきは**（まことまこと　やるせないもの　春の日の霞する時　恋のつのるは）を想いながら描かれている。まことに、憂愁に満ちた女人の姿である。

この歌は巻八にあって、「春の雑歌」「春の相聞」「夏の雑歌」「夏の相聞」「秋の雑歌」「秋の相聞」「冬の雑歌」「冬の相聞」としっかり分類されているなかの「春の相聞」に入っている。七三二年、七三三年の歌が前後にあるので家持が父を亡くして二年目か、十五、六歳の和歌を必死に学んでいる頃の、師匠ともいうべき叔母さんの作品である。

このエッセイ集と同時進行で詩集『万葉創詩　いや重け吉事』の準備もしている。可能ならそちらも同時に手にしていただけるとうれしい。

二〇一八年六月七日　　永井ますみ

永井ますみ
既刊詩集
『風の中で』（1972年　新詩流社）
『街』（1974年　VAN書房）
『コスモスの森』（1982年　近文社）
『うたって』（1986年　近文社）
『時の本棚』（1995年　摩耶出版）
『おとぎ創詩・はなさか』（1996年　竹林館）
『ヨシダさんの夜』（2002年　土曜美術社出版販売）
『弥生の昔の物語』（2008年　土曜美術社出版販売）
『短詩抄』（2009年　私家版）
『愛のかたち』（2009年　土曜美術社出版販売）
『永井ますみ詩集　新・日本現代詩文庫110』
（2013年　土曜美術社出版販売）
『万葉創詩　いや重け吉事』（2018年7月　竹林館）
エッセイ集
『弥生ノート』（2008年　私家版）
所属
「関西詩人協会」「兵庫県現代詩協会」
「日本詩人クラブ」「ひょうご日本歌曲の会」会員
「リヴィエール」同人「現代詩神戸」主宰
住所　〒651-1213　神戸市北区広陵町　1-28　石井方

永井ますみの万葉かたり── 古代ブロガー家持の夢
2018年7月10日　第一刷発行
著者　　永井ますみ

発行人　左子真由美
発行所　（株）竹林館
〒 530-0044 大阪市北区東天満 2-9-4　千代田ビル東館7階FG
TEL 06-4801-6111　FAX 06-4801-6112
郵便振替　00980-9-44593
URL http://www.chikurinkan.co.jp
印刷・製本　(有)スズトウシャドウ印刷
〒927-1215 石川県珠洲市上戸町北方ろ-75

ISBN978-4-86000-384-5　C0095